隨著2004年至2023年的八運。姜濤應運而發光發熱，因為八運屬艮卦，象徵少男。

姜濤參加「903 AllStar籃球賽」時，不慎弄傷右膝蓋，復健期需用拐杖約兩個月。為此，我替姜濤卜了一個卦：「山澤損」。

損卦並不是一般人常識中認為的只是「損失」，是一個絕對的壞卦。反而是「元吉」且「利有攸往」。所以其實損卦是個還算不錯的卦，只是暫時小小犧牲一下。犧牲眼前利益，只要誠心，則長遠來說為吉。

903
AllStar
19

姜糖喜歡姜濤，不純粹為了他的跳唱功夫了得，更是因為他的真性情：直率，有孩子的赤子心，還有他的善良和謙虛。

謙卦的啟示：有謙才有誠，行事不會偏依一方，不執迷於「全能感」，聽取他人之言，虛心求教。有謙的心態，待人接物謙和厚道，少「自我」而多體諒他人。

復，有復興和回歸之意，是事物新生的轉折點。
復卦代表的節氣是冬至，「冬天來了，春天還會遠嗎？」，復卦是「一陽復始」的局面，大地重現生機。

自二〇二三年頭的《叱咤樂壇頒獎禮》後，事隔整整四個月，姜濤在四月二日再踏上舞台為「西九音樂節」演出。相信當時的姜濤已經減了點磅，腳傷初癒的他落力跳唱足三十分鐘，合共六首歌曲。

姜濤的處境，就是易經的復卦。

比卦代表兄友比肩而站，一片融洽互持，試想水溶入土中、揉合在一起，是個很親密的卦象，事業有親密的伙伴相助，共同扶持打拼，事情發展當然理想。

姜濤也在IG貼出合照，更公開了Stanley綵排唱出《蒙著嘴說愛你》的片段，他寫道：「我是真的把這個人當我親阿哥，你說的我都會聽的，在心中。」

目錄

代序 讓易學不流於迷信

我認識苗醫生，劉天賜是牽線人。天賜兄是我讀大學哲學系時的師弟。他博聞強記，雜學知識豐富，且為人幽默風趣。大學畢業後，他加入影視娛樂圈工作，從事編劇和行政工作，如魚得水，頗為春風得意。天賜兄已不只一次向我提及，有位精神科女醫生，很想結識我，並希望跟我學《易經》。其實我鑽研《易經》，純屬個人興趣，從來沒有想過授徒，所以當時唯唯諾諾，沒有認真考慮。至於天賜兄如何與苗醫生結緣，我也沒有追問。

直至一次偶然的機會，我在某個星期日的早上，在電台主持節目完畢，離去時在電台門口遇到一群人，似乎有甚麼聚會，其中有位中年女士走到我面前，遞上我的一本著作：《生活智慧系列》的《理得心安》，要求我簽名，並表示她是我的「粉絲」。一問之下，我才知道她是天賜兄口中的「苗醫生」。

也因為這個緣份，我請天賜兄安排一個與苗醫生見面的飯局，局設苗醫生住處附近又一城的某一餐館，座中除苗醫生和天賜兄夫婦外，還有我和未婚妻，以及張達明兄和他的前妻。張兄前妻是臨床心理學家，也是苗醫生的閨蜜。飯局中苗醫生表示她已五十歲了，孔子說：「五十而知天命」，所以她決定從五十歲開始研習《易經》，一窺做人的意義，免得此生渾渾噩噩，糊裡糊塗。

我說若教她一個人，對我來說不化算，對她來說也很破費，不如找多幾個人，小班教學，會更為理想。苗醫生是坐言起行的人，很快便找來了四、五個醫生加入，可以正式開班，初期的授課地點是在又一村的會所，後來我搬了家，遂移步至我住處的會所，對我來說是更方便了。

我與《易經》的淵源，始自大學時修讀牟宗三老師講授的《宋明儒學》，發覺宋代和明代的哲學家，無一不是《易經》高手，因為他們的研究進路，有異於先秦的孔、孟。孔、孟是從現象看本質，從人的仁愛忠恕，上溯人性的先天根據。宋明儒則剛剛相反，雖然也講天人相應，卻是從宇宙論說到人間，先從易學的義理出發，再引證於人生。

中國易學的發展，大別為二，一是自漢代傳承的象數易，另一是宋明闡發的義理。我從三十歲開始，發覺學《易經》不能只懂義理，因為它畢竟是一本卜筮之書，若不懂占卜，只是孤立地來談義理，總難盡窺其堂奧。於是我再重新自學《易經》，務求象數與義理並重，以求相得益彰的融合。古人說「閒坐小窗讀周易，不知春去幾多時」，我從三十歲自學《易經》，到如今年近八十，一晃眼便是五十年。苗醫生是五十歲學易，我是學易五十年。

《易經》博大精深，發展至今，已不限於象數與義理，陰陽五行的規律，都可應用於中醫、食物營養、商業管理、天文學、遺傳基因，以至量子力學和弦理論等，在易學裡也可找到解釋。總之易學是五花八門，無所不包，所以我學《易》五十年，到如今仍然認為自己是門外漢。

《易經》最吸引人的地方，恐怕是其占卜功能，人們以為通過占卜，可以預知未來。但《易經》講「三才」，即天時地利人和的配合，其中人的因素，我認為至少佔了五成。因此易學不存在命定主義，人的抉擇，足可改變命運。《易經》的占卜結果，只提供了天時地利的訊息，但僅是有參考價值，卜卦容易解卦難，怎樣解卦，確是「運用之妙，存乎一心」。

苗醫生跟隨我修習《易經》，已超過十年，每月一課，每兩個月約講一卦，每年六卦，十年多剛好教完了六十四卦。她頗有悟性，從不缺課，常能觸類旁通，聞一知二。如今繼續教授《易繫辭傳》，這是義理易的範本，希望她能精益求精。學易如能有義理易的底蘊，以批判性思考看卜卦的結果，那麼易學就不容易流於迷信。

苗醫生為姜濤卜卦，並且解卦。她的解讀，我未必認同，但這不要緊，畢竟易卦的解讀沒有標準答案，人人的體會不同，是各自各精采。可以肯定的是，苗醫生對姜濤的了解，要比我多，因此她的解讀，可能更加靠譜。我所認識的姜濤，是隨著2004年至2023年的八運，應運而發光發熱，因為八運屬艮卦，象徵少男，苗醫生這本書，正好為姜濤激揚樂壇的美好回憶，寫下了時代的印記。

岑逸飛

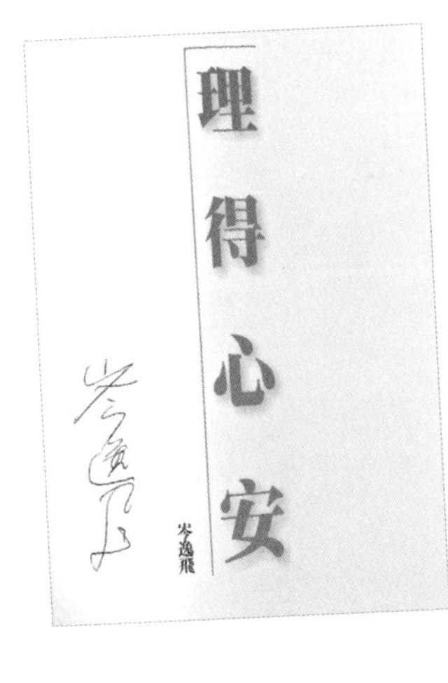

由易經看姜濤

最近跟區樂民醫生閒聊，原來他已經處於半退休狀態，醉心物理學。

「我看你這大嬸也是忙於追星！」他說。

還有一些 client 見到我診症室滿是姜濤海報，不禁問我：「醫生，你認識姜濤嗎？」

「我不認識他。事實上，我跟他最近的距離，就是在圓方戲院看《天堂城市》謝票場，那時，我跟他有十行觀眾席的距離。」我說。

我想，我愛的，是在姜濤身上看到的特質，那是我趨之若鶩的做人智慧。

我也喜愛中國古代智慧，如老子，孔子、易經。

「姜濤有一個老靈魂！」我對朋友說。

有一次，謝寧小姐碰巧見到我房間一堆堆姜濤的書，就自告奮勇說要替我找他簽名！「你給我吧，我有辦法替你拿得他的簽名！」謝寧小姐說。

於是，我就有了姜濤用他的「肥手指」替我在書上簽名，有上款的珍藏版。

曾經有一段時間，應該是在他的好朋友中風猝死時，我很想跟姜濤見面，看看有什麼地方可以安慰他、支持他。因為我的診所跟他銅鑼灣的家只有5分鐘的步行距離，我很想到他家看看他。

現在我已經沒有這份衝動，這並不代表我不再關心他。我的心態變了，我相信對他最窩心的愛，就是尊重他的私人空間：跟他保持適當距離。

人與人之間，根本就是距離的藝術。

在二〇二二年底到二三年初，姜濤因為腳傷，要做手術和復康治療，到他叱咤樂壇頒獎禮上表演失準等等，成為眾矢之的。

「姜濤會被打垮嗎？」我實在很擔心。看見他被 haters 種種的惡意攻擊，看到別人對他一沉百踩，他們乘機踩着他上，我的心感到錐心之痛，它淌著血，也淌著淚。

這個世界是無常的，人生是悲喜交集，對於這方面，在我五十而知命之年，已經深深體會。

．．．

在善緣的安排下，我在二〇二三年開始，已經跟岑逸飛老師學易。易經不只是一本占卜的書，易經更是令人參透人生哲理的書。

我是五十學易的。

記得當時岑逸飛老師見到我，就嚴肅地對我說：「你一定要弄清楚，你為什麼學易經？」

跟著他不動聲色，劈頭一句就是：

「你們現在就是在蒙卦䷃的處境，蒙卦上卦為山，下卦為水，水衝破了山壁的障礙在山下流出。堅硬的山壁象徵了心智尚未得到開發的頭腦，當水從山壁流出事，即代表頭腦得到了啟蒙。

「看看卦辭說什麼？」岑老師說卦辭亨。匪我求童蒙，童蒙求我。

蒙卦代表啟蒙者不是主動要去教，而是後者來求教。因此求教者必須具有學習的誠意與精神，發揮求知欲與積極主動性，求知只能在主動的過程下才能產生效果，被動則否。

經過老師當頭棒喝的提點，自己如醍醐灌頂，立刻抖擻起精神上課。易經包含博大精深的智慧，而我天資愚昧，至今已經學了十年，還是一個初學者。

「《易經》把宇宙的萬事萬物，劃分為六十四種情境，即是六十四卦，所以沒有什麼好或是不好。當你卜到某一卦時，就知道自己正處於何種情境，再去查那個卦，它會告訴你，在這種情景下，要注意那些事情，如果你能因循卦義，有所警惕，自然可收趨利避害的效果。所以《易經》是用來查閱學習的，而不是用來預知結果的。」老師說。

．．．

因為內心被姜濤種種的挫折打擊而感到痛苦難過，所以我就運用易經去替姜濤卜卦。

「用占卜來學習每一個卦是合理的；用占卜來做為自己待人接物時的參考，也是合理的。但是在占卜後完全相信占卜，而不加入個人的判斷和努力，這種態度就不算正確。」記得老師曾經提醒我。

「占卜的目的不是要預知結果，而是提醒一個可能的結果，供我們參考，而以此角度來理解與應用《易經》，才算真正懂占卜的人。」岑老師繼續說。

「往往有些卦看上去不好，但當中的文辭是好的，例如《水山蹇卦》。」老師補充。

《易經》的主張非常清楚：每個人都應該為自己所作所為負完全責任。

人不管做什麼事都要慎重，如果不慎重，就要承擔相應的後果。因為這是自然律，自古以來從無例外。

我是一個很「另類的姜糖」，我沒有很埋身的追星，我用獨特的方式關心愛護他，也愛護姜糖。在過去一年多的時間，看到姜濤經歷自他出道以來，人生最大的跌宕起伏。因為關心掛心，我曾經多次為他卜卦。

卜卦不困難，難在能正確解卦，差不多每一次我都是請教岑老師給我解卦，怕自己亂猜一通。

既然這樣，不如我把易經的智慧運用在姜濤、姜糖和自己身上。姜濤是一個有內心世界的人，他自己會看很多佛學智慧，來獲得心靈的啟發。

孔子說：「五十而學易。」所以一個年過了五十的姜糖，陪伴姜濤和大家一起學習易經，看看每一個處境。

就是這樣，我把易經與姜濤、姜糖結合在一起。

易經的智慧，在今天人心惶惶，世事動盪、虛虛實實、變幻無常的世界，尤為珍貴。我相信每個人都會從中得到適切的智慧啟發。

替姜濤卜的卦：損、蒙

我是在剛剛五十歲時開始學易經，那是在二〇一四年頭。原來到了知命之年，人更想了解宇宙萬物中的真諦，順應天命。

正如孔子說：「五十而學易。」

易經中的「易」字，就是簡易、不易、變易之意。

簡易：大道理是簡單的

一陰一陽之謂道。易的根本是簡單的，就是陰陽，陰陽就是道。

六十四卦的符號都是由陰爻和陽爻組成，就像電腦的0與1，十分簡單。

「大道至簡」，是否出自老子《道德經》：「萬物之始，大道至簡，衍化至繁」。

把眼花撩亂、複雜冗繁的表象，層層剝離之後，就是事物最原始最本質的大道理。

簡單就是返璞歸真、寧靜致遠。

我跟岑逸飛太太談天，她話不多，但一針見血，直指核心。

有一次，我跟她談到我的心結：「我很辛苦！」

岑太在 WhatsApp 中寫給我：「在我心目中的您是個爭氣的人，有困難都不會輕易服輸的。這種性格在儒家眼中是非常有自我要求的人，可以委以重任又會全力以赴。但是在道家眼內就變成是會自虐，又會被人利用其優點去賣命的人，煩惱因此也特別多。

在你信仰的神的眼中，您當然是祂使用的器皿，之不過你也是個好有自己想法，桀傲不馴、難調難伏的人。你一生的功課，要學習臣服謙卑，接受順應神的安排，感恩一切好壞的機遇，那麼您將會是神的左右手，你也會重拾神本來要賜給你的幸福。

記著：辛苦是有勤奮有本事的人的徽章，得來實在不易。」

岑太這一番充滿智慧的話，給我很大的提醒。

曾經有一個同事在做完肺癌手術後，肺X光檢查有很多陰影，當時她的主診醫生要求她做氣管內窺鏡。同事很慌張：「我如何是好？是否癌症復發？」「你不要害怕，我替你找朱醫生！」朱頌明醫生是我的好友。

同事立即看了朱醫生。之後，我接到朱醫生的電話，他只叮囑我一聲：「替她查查她現在服用的藥物中，有沒有影響肺部組織的。」

我在他一聲令下，每種藥物仔細查看。「朱醫生，有一種藥有萬分一機會有 eosinophilia pneumonitis ，這是否可以解釋到肺部多處陰影？」我問。

「先把這藥停了，一星期後看看做肺部X光檢查。」朱醫生說。

一個星期後，同事肺部的陰影去了七七八八。

「你好厲害！」我由衷的說。「在香港，可以在五分鐘內診斷這狀況的，相信只有我一個！」朱醫生說。

朱醫生這番說話，不是出於驕傲，因為他說的確是事實。

所以真正醫術醫德高明的醫生，總是一針見血，絕對不會為賺錢而處方繁複的檢查和亂七八糟的藥物。

變易：易就是變化

易就是簡單的一陰一陽，但卻變化無窮，由陰陽變化生成四象，由四象生成八卦，由八卦兩兩組合，形成六十四卦，由六十四卦衍生出萬事萬物。

所以，易有變易、變化的意思，「易經」翻譯成英文，就是「講變化的哲學」。

世上的一切事物都是在變化中發展，變化的結果是有進有退、盛極必衰、否極泰來。人類社會正是在這規律中向前發展。

變化總是在一定的時間和條件下發生，易經就是談及這規律。

這正如佛教中說：無常是常，世事無常，就是規律。

不易：不變是初心

宇宙萬物紛紜變化，古人卻歸納為六十四卦的符號體系，六十四卦又歸結為陰陽的變化組合，陰陽是太極運行變化而來，所以易的本體是不變的。

世間儘管變化無窮，但是其中也有不變的東西；世事雖然變幻無常，但是人心人情人性基本不變。

「Dr May，在這亂世之下，你如何應對？」不少人問我。

「在這充滿不確定性、充滿焦慮的世界，令我們煩擾的事情很多。有一陣子，自己都感到很失落。不過易經是陰中有陽、陽中有陰。很黑暗惡劣的環境，也會有光明美善的事情。

我一直學習把精神放在自己可以控制的事上：例如我一直關心全球暖化，我就嘗試由自己開始，減少污染環境。又例如我關注全球戰爭，那就讓自己讓平安在家開始。

「不想去埋怨社會政府如何如何，反求諸己，有健康生活習慣，做好每一件事，人與人之間互相幫助。

「每天有好的生活習慣，把每件事按部就班做好，具體行動和生活常規，反而令焦慮感減少。

「有時候，見證到病人的進步和成長，也令自己高興不已。」我說。

在白痴中認出天才

月前我留意到一則新聞報道，有一個十一歲的墨西哥女孩桑切斯，這女孩一直都被人標籤為「蠢女孩」，她在上學時被老師嫌棄、被同學欺凌、曾經三次轉校。

最後桑切斯被迫待在家裏，自修代數，她還能記得全部化學元素表。明慧的母親覺察自己的女兒很特別，被把女孩送到心理醫生處做評估。結果桑切斯的智商有 162，比愛因斯坦和霍金的 160 還要高。

「蠢女孩」原來是一個天才兒童。

桑切斯現在攻讀碩士學位。

其實我也頗具「慧眼」的，之前遇到的一個女孩 Esther，她今年 14 歲，在英國唸書。

「醫生，Esther 被學校趕走！」媽媽很懊惱的說。

「為什麼被學校趕走？」我問。

「學校說她有暴力傾向，學校擔心她會傷害別人，甚至會傷害自己。」媽媽說。

原來 Esther 喜歡上解剖課，解剖牛眼、豬心等，同學都覺得她是怪人，正當她們的話題是化妝、買衫扮靚、交男朋友等，她會提出一些道德哲學問題。

「我跟同學們討論一個問題：若果一個人連續發五槍殺了五個人，比一個人在不同時間用槍殺了五個人，誰的罪更大？

「這個討論最後被同學傳到老師耳中，我被形容為一個有暴力傾向和自殺傾向的人。

「在急症室中的醫生重重覆覆地問我各種問題。我已經不記得自己說了什麼，醫生最後給我處方了一些抗抑鬱劑。」Esther 說。

最後，雖然 Esther 全班考第一，她還是被學校趕走。

「你喜歡生物解剖，你的樣本從哪裏來？」我問。

「全都是老師提供的！」Esther 答。

「你有傷害動物的傾向嗎？」我問。

「我很愛護小動物，我從來沒有傷害過牠們！」Esther 說。

「我很喜歡想一些犯罪學和倫理學上的問題，所以我跟我的同學是格格不入的。」Esther 說。

Esther 的說話令我想起米高．桑德爾（Michael J Sandal）。桑德爾曾在課堂上與學生討論有關「正義」的各種深度議題，帶領大家踏上思辨之旅。

「我建議你停了她的抗抑鬱藥，我替你安排一個心理學家替她作智能評估，我相信她是一個資優的孩子。」我對媽媽說。

評估的結果，Esther 的智商有 148！

智優的 Esther 在學校被老師和同學標籤為怪人，經常被人不是誤解就是諷刺，令她感到很沮喪。若果 Esther 持續找不到在校的歸屬感，和她能夠發揮的平台，她遲早會失去學習動機和興趣，真的會使到心理不平衡，甚至患上抑鬱症。

上個月，我發現到一個六歲的男孩，他成績不突出，在課堂上人際關係也不理想，孩子的父母很懊惱。

「你們有沒有跟他做過評估？」我問父母。

「沒有，為什麼？醫生，你懷疑他智力不足？」父母緊張地問。

「你的兒子很特別，好像小教授一樣，他跟我談論一些環保議題。我想找出他的強項，教育應該以學生的強項為本：成功乃成功之母（Success breeds success）。」我解釋。

結果，孩子的智商有142！

我很開心，又有一個小朋友的才能給我發掘出來。不過教養天才兒童，並不容易。父母要跟他們鬥智鬥力。

我想說，這些事件，往往令我樂上大半天，因為他們令我回到醫者的「初心」：我們是他們人生的重要防線。

話說回來，我們如果只是忙於對各種變化作出情緒反應，那麼只會使自己活得神經兮兮，最終卻一無所獲。

世事如滄海桑田、瞬息萬變，注定了我們無法一成不變。想要擺脱面對生活變化時的陌生感和無力感，回到個人的初心，是最有力的武器。

．．．

我開始學易經那一年，根據邵康節的皇極經世，值年卦是「水雷屯」。屯卦是四大難卦之一（其他是困、蹇、坎卦）。屯的字義有：困難、停留、積聚。首先的「難」，形容生命開始，面對成長的困難。其次是因困難而停頓，屯有停留、駐留、屯墾之意。停留之後開始累積能量，如屯積、屯糧。

《易經．屯》卦辭，元亨利貞，勿用有攸往，利建侯。由初爻的「磐桓」至上六的「乘馬班如，泣血漣如」。那一年香港有「佔領中環」運動，人群連夜睡在馬路，交通大塞。

「老師，根據易經，這場運動何時結束？」眾同學問。岑老師根據值年卦去推算，加上那年是潤年，他推測大約在十一月份，結果果然給他説中了。

「不是我料事如神，只是根據邵康節的皇極經世中的卦解説。」老師回答。

「記住，未來是有很多變數的，人不能準確預測未來。易經有天、地、人，在我看，人的參予起碼有一半。」

．．．

姜濤在二〇二二年十一月中參加《903 AllStar 籃球賽》時，不慎弄傷右膝蓋，本來他的右膝關節十字韌帶已經撕裂，醫生曾建議他做手術，不過因為需要數個月的休息，令工作安排得如排山倒海的他不能停下腳步來。真的是人在江湖，身不由己。

但是這次他必須動手術，復健期需用拐杖約兩個月，姜濤因此而錯失多個重要演出，包括替好友湯令山的演唱會做特別嘉賓。

姜濤自己都心急如焚，希望盡快康復，相當勤力去覆診及復健。

二〇二三年頭的《叱咤樂壇頒獎禮》，姜濤表演的「鏡中鏡」引發海量負評。自此之後，姜濤蟄伏了差不多三個月。

這段時間，姜糖對偶像十分思念。

有一位姜糖跟我說：「Dr May，我很擔心囝囝，每當想起他一個人獨自承擔著傷患和外界海量負評時，我就憂心如焚！

「我相信只有你才明白我現在的心情。」

因為這樣，在二〇二三年一月八日，我在上岑逸飛老師的易經課上，我替姜濤卜了一個卦：「山澤損」。

上卦為艮、下卦為澤。山下有澤，是損下益上。

「老師，這卦變爻是四、五，如何解釋？」我問。

事實上，卜卦不難，但解卦難。

「《雜卦傳》：『損益，盛衰之始也。』損是損下益上，犧牲小我完成大我，益則是損上益下，犧牲大我以補救小我。損的卦辭：有孚，元吉，无咎可貞，利有攸往。曷之用，二簋可用享。

「損卦並不是一般人常識中認為的只是『損失』，是一個絕對的壞卦。反而是『元吉』且『利有攸往』。所以其實損卦是個還算不錯的卦——只要你願意暫時小小犧牲一下。犧牲眼前利益，只要誠心，則長遠來說為吉。

「至於變爻：四、五！五爻為主：六五，或益之十朋之龜，弗克違，元吉。四爻：六四，損其疾，使遄有喜，无咎。

「你喜愛的姜濤先生看起來要多一點耐心，他的腳患要斷尾，會復元的。還有他看來有貴人，上天佑之！」老師說。

「可能貴人就是姜糖！」我對那位女士說。

「還有姜濤自己內心的強大，他是一個會反省的人。」我補充。

．．．

在二〇二三年十一月份，姜濤的「墊底聲」事件令他衝動地出 IG post 反駁，之後他跟當事人道歉：「勿把網絡當戰場」。

那件事，我又替他卜了一卦：「山水蒙」。上卦為山，下卦為水。卦象內水險、外艮止，險而後止。當中，初爻、二爻為變爻。

我又問了岑逸飛老師如何解卦。

「二爻為主，初爻為輔。九二，包蒙吉，納婦吉，子克家。本來媳婦和兒子可幫他，但他尚未娶妻。」老師說。

「至於初爻：初六，發蒙，利用刑人。用說桎梏，以往吝。爻辭顯示他正受刑。

「至於變卦為『山口頤』，頤卦的精神是，最好是閉關：『慎言語，節飲食』。」

我把這卜卦的事情統統用IG私訊轉告了姜濤。希望岑老師的解卦對他有些提醒。

我寫這篇文章，不是要鼓勵大家經常去求神問卜，根本上，善易者不卜。卜卦還有三個原則：「不誠不占，不義不占，不疑不占」，因為有很多事，可以透過常識常理判斷處理。通過內省，謹守「三不占」的原則，就可以放心占卦來幫助自己做選擇的參考。

「除了學易經，我建議大家看《了凡四訓》那部書，就明白我的意思。」岑老師說。

《了凡四訓》這本書，是中國明朝袁了凡先生所作的家訓，教戒他的後代子孫，認識命運的真相，明辨善惡的標準，改過遷善的方法，以及行善積德謙虛等帶來的效驗。

袁了凡以他自己親身經歷去「改造命運」來「現身說法」，令人可以效法他，來改造自己的命運。

袁了凡用他自己的故事，解釋何謂「立命」。「立命」就是我要自己創造命運，而不是讓命運局限自己。

袁了凡童年的時候，父親就去世了，母親要他放棄學業，不要去考功名，改為學醫，因為學醫起碼可以行醫糊口，又可以救濟別人。

後來袁了凡在慈雲寺，碰到了一位相貌非凡，一臉長鬚的老人。袁了凡很恭敬地向他行禮。不料這位老人向他說：「你是官場中的人，你為何不讀書？你明年就可以去參加考試！」

「因為父親早逝，母親叫我放棄讀書去學醫養活家人。」袁了凡告訴老人。「請問你貴姓，是哪裡人？」袁了凡問。老人回答說：「我姓孔，是雲南人。宋朝邵康節先生精通皇極數，我得到他的真傳。若照注定的數來講，我應該把這個皇極數傳給你。」老人說。

袁了凡就領老人回家，告訴母親。「這位先生既然精通命數，不妨請他替你推算推算？」母親說。

結果孔先生替袁了凡所推算的，不單止鉅細無遺，還十分準確。於是袁了凡就去讀書。孔先生還對他說：「在你沒有取得功名做童生時，縣考應該考第十四名，府考應該考第七十一名，提學考應該考第九名。」

到了明年，果然都全部應驗了。孔先生又替袁了凡推算了終生的吉凶禍福：「幾時考取第幾名，幾時當補廩生，幾時當做貢生，貢生出貢後，就當選為四川省的一個縣長，在做縣長的任上三年半後，你便該辭職回家鄉，因為到了五十三歲那年八月十四日的丑時，你應該會壽終正寢，而你命中沒有兒子。」

袁了凡記下了老人的話。事情果然如他所說一一實現。袁了凡相信，一個人的進退、功名浮沈，所以他把一切都看得淡，不去刻意追求了。

等到袁了凡當選了「貢生」，按照規定，要到北京的國家大學去讀書。所以袁了凡先到棲霞山去拜見雲谷禪師。

袁了凡同禪師面對面坐在一間禪房裡，在三天三夜，他連眼睛都沒有閉。雲谷禪師問他：「一個人不能夠成為聖人，只因為妄念，你靜坐三天，我不曾看見你起一個妄念，真令我驚訝！」

袁了凡說：「既然我的命被孔先生算定了，就是要想得到什麼好處，也是白想；所以就老實不想，心裡也就沒有什麼妄念了。」

雲谷禪師笑道：「我本來認為你是一個了不得的人才，原來你只是一個凡夫俗子。」

「禪師，你這話什麼意思？」袁了凡問。雲谷禪師說道：「一個平常人，就有這一顆一刻不停的妄心在，那就要注定被陰陽氣數束縛了，所以就有定數。雖說數一定有，但是只有平常人，才會被數束縛。若是一個極善的人，數就拘他不住了。

「因為極善的人，儘管他的命數注定吃苦；但是他做了極大的善事，結果就可以使他苦變成樂；貧賤短命，變成富貴長壽。

「而極惡的人，數也拘他不住。因為極惡的人，儘管他命中注定要享福，但是如他做了極大的惡事，結果就可以使福變成禍，富貴長壽變成為貧賤短命。

「你二十年來的命都被孔先生算定了，一個人會被數拘住，就是凡夫。」

雲谷禪師解釋。

袁了凡問雲谷禪師：「照你說來，究竟這個數，可以逃得過去麼？」禪師說：「命由我自己造，福由我自己求；我造惡就自然折福；我修善，就自然得福。

「所以一個人，若不能自己檢討反省，而只是盲目地向外面追求名利福壽；但得到得不到，還是聽天由命，自己毫無把握。這就合了孟子所說，求之有道，得之有命的兩句話了。

「人不可以亂求，過份的貪得，就把心裡本來有的道德仁義，也都失掉了，那豈不是內外雙失麼？

「只要做好事，從心裡去求，心就是福田呀。」雲谷禪師解釋道。

雲谷禪師接著再問袁了凡說：「孔先生算你終身的命運如何？」

袁了凡就一五一十告訴禪師。

雲谷禪師說：「你自己想想，你應該考得功名麼？應該有兒子麼？」袁了凡反省自己過去所作所為，想了很久才說：「我不應該考得功名，也不應該有兒子。因為有功名的人，大多有福相。

「我的相薄，又不能積德行善，還有我不能忍耐，對人不能包容。有時候我還很自大，總想蓋過別人。心裡想怎樣就怎做，任性妄為。試問這如何得到功名。

「還有我喜歡乾淨，本是好事；但我有潔癖，弄到水清無魚！潔癖令我變得不近人情，這是我沒有兒子的其一緣故。

「我常常生氣，缺乏和育之氣，怎麼會生兒子呢？這是我沒有兒子的其二緣故。

「仁愛，是生生的根本，而我只知道愛惜自己的名節，不肯犧牲自己去成全別人，積些功德，這是我沒有兒子的其三緣故。

「還有我說話太多，身體很不好，哪裡會有兒子呢？這是我沒有兒子其四緣故。

「我愛喝酒，酒又容易消散精神；一個人精力不足，就算生了兒子，也是不長壽的，這是我沒有兒子的其五緣故。

「一個人不應日夜顛倒，不曉得保養元氣精神，這是我沒有兒子的其六緣故。其它還有許多的過失，說也說不完呢！」袁了凡說。

雲谷禪師說：「豈只是功名不應該得到，你還有太多不應該得的事情！「福禍都是由心造的，有智慧的人，都曉得很多事情是自作自受；糊塗的人，就把不好的事都推到命運去。

「你既然知道自己的短處，那就應該盡心盡力改得乾乾淨淨。一定要積德，一定要對人和氣慈悲，一定要對人包容，而且要愛惜自己的精神。

「從前的一切一切，已經死了；以後的一切一切，剛剛出生；能夠做到這樣，就是你重新再生了一個義理道德的生命了。」雲谷禪師鼓勵袁了凡。

結果袁了凡努力改過自新，積善去惡，最後他不只活到七十多歲，還兒孫滿堂。

「一個卦有六爻，上二個爻是天，底下兩個爻是地，三、四兩個爻是人。人在天地中，努力去完善自己，因為未來我們是和天地一起參予創造的。」岑逸飛老師說。

易經與人生

《易經》是中國文化的一部重要經典，原本被人當作是占卜之書，就是因為這樣，它逃過了秦始皇焚書坑儒的滅絕。經過歷代學人的探索後，發掘《易經》中包含的許多人生哲理，所以《易經》的性質也轉變了，我們可以從多方面的觀點來認識人生的道理。《易經》的人生修養原則、處世智慧，也是中國「儒釋道」所共同重視的。

自然之性

在易經中有天、澤、火、雷、風、水、山、地八種自然物質，每一種都有自身的特性。要了解《易經》的人格修養，首先就要認識這些自然物體的特質。

「天」的特性是剛健，「地」的特性是包容。「天與地」在這八種自然物體中居核心位置，就是其他六種自然物質的「父母」。「天與地」構成了「天地之道」，是自然之道的核心，其他六種自然物體也各具特性。

「天地」的特性是自強不息、厚德載物；「水」為靈活與應變，「火」為熱忱與溫暖，「雷」為動力和進取，「山」為穩重和篤實，「風」為柔順和滲透，「澤」則為和平喜悅。人與自然是一體的，人在天地中，構成了「天地人」的「三才」關係。天道的特性是自強不息，地道的特性是厚德載物，而人道就是發揮在天地之道。

不過在實際世界，人卻未必都能發揮出自己原有的特性，因此人就應該通過修養來提升表現出自己本身的屬性。

自然之道也是陰陽之道，易傳說：「一陰一陽為之道。」

易卦、八卦、六十四卦

上述的八種自然物體代表八種不同的景況，於是就成為了「八卦」：乾卦☰代表了天，坤卦☷代表了地，其餘的水火雷山風澤等就成為了坎☵離

☲震☳艮☶巽☴兌☱等卦。

每卦有三爻，陽爻是實線——，陰爻是斷線— —，爻是一種符號，代表了有關事物的屬性是陽或是陰。乾卦六爻全陽，對立的坤卦六爻皆陰，其餘六卦則是由陰陽兩爻的組合體。

將八卦兩爻重疊，就構成了64個重爻（六爻卦），也是六十四種境況，通過了這六十四卦，人們對所處的環境和應有的行為，就能作深層的認識應對，也就獲得了一些有關人生修養的道理。

人生修養與做人

人生目標人人不同，有的追求財富，有的追求社會地位，有的追求對社會服務，有的追求對促進人類進步科學研究和發明，有的只願作一個平凡的人。

中國傳統文化卻在重視如何做人：一個有健全高尚人格的人。易經的人生哲理也是如此，提升自己的修養進而改善與他人的關係。

根據易經，一個人的處世之道，可以有以下的原則：

1. 剛柔配合

柔性代表積極進取，有性代表寬厚包容。過剛則剛愎自用，過柔則優柔寡斷，所以「剛柔並濟」才可以發揮出「陰陽調和」，展現「天地之道」。

姜濤在台上施展渾身解數，具有壓場的霸氣和魅力，這是剛的一面，而他私底下卻愛和小孩嬉戲、攬住大表哥撒嬌等，就是柔的一面。這些都顯示了他剛柔結合。姜濤的「外柔內剛」與「外剛內柔」是應隨着時空的變動而改變切換的，令人感到自然可喜。

2. 謙遜恭敬

謙遜恭敬是「地道」，大地厚德載物，不求回報，表現出謙遜，人有這一大地特性，就不會盛氣凌人、趾高氣揚、恃人傲物，對人也會虛懷若谷與懷著尊重恭敬態度。

姜濤的謙遜是不經意的流露，他稱每一位樂壇影擅前輩為老師，這種尊師重道精神，也是近年罕見的。

易經中的六十四卦之中，只有謙卦是六爻皆吉，可見古人對謙的重視。人具有了謙遜恭敬的特質，就能創造了自身的親和力、感染力、公信力，他自身也就有如一個海，別人就如江河之水向海流來，成就了「百川歸海」、「海納百川」的狀況。

3. 堅韌不拔

人必須具有堅強而有忍耐的性格，對自己信念與目標在任何困難環境與挫折下，都能保持堅定不移的信念、剛毅不屈的精神。

有的事情不能急於求成，而是通過按部就班的功夫來達到；若是不達，此時人就需要耐性與恆心來面對。

姜濤在中三輟學，轉到丘子文青年學院繼續學業。姜濤從來沒有放棄夢想，他用當散工賺的錢來增值自己，學習舞蹈。儘管姜濤性格內斂害羞，他勇於追夢，他去參加不同的比賽拿取經驗，希望能完成當歌手的夢。

4. 真誠正直

人的心態與行為都是要「真」，內真外真、內外一致、表裏合一、言行一致、才能有真誠。真是一切道德行為的基礎，人真就自然有誠的態度行為，真與誠是相連在一起的，真就帶來了人的誠與正。

泰否循環

人所處在的環境往往是循環變動的現象，有好的時期，也有壞的時期，順境與逆境相互交替，順境時是「泰」，逆境時是「否」，「否極泰來、泰極否來」的循環關係，這就是陰陽循環的現象。

人能認識到物極必反的原理，就可預先作好適時順勢的安排：在「泰」時能捕捉機會，泰境的時間久了，就要居安思危、未雨綢繆。在否境時要保持定力、堅毅不拔、節制行動、量力而行、同心合力共渡難關。當「否境」有一段時間時就應作好「泰境」時的準備，這是物極必反、泰否交替。

不過在「泰」的時期也會有壞情況出現，這是「泰中有否」、「陽中有陰」。

磨練的人生

在人生過程中獲得成功，無論在待人、處世、事業、學識方面，都要經過一番磨練才能達到。

溫室不會長出萬年青松，庭園遛不出千里馬。沒有經過風雨洗禮，就沒有生活經驗的知識，沒有生活磨練的經驗知識，就不能真正認識到人生道理與生命的真諦。生活磨難包含失敗與成功的經驗，尤以失敗經驗最為可貴。成功與失敗是對立統一關係，有成功就有失敗，有失敗也有成功。

成功不傲慢，失敗不氣餒，所以孔子說：「歲寒而知松柏之後凋也。」人生的磨練是有為的人生基礎：人在順境不自滿，逆境不喪志，在逆境中培養鬥志，順境往往消磨人的意志。人要具有生生不息的精神，去面對人生的挑戰，提升自我修養的同時，也能對社會作出貢獻。人一方面應該去發揮自我的潛在能力，另一方面也應該去反省自我的缺點，改善自我與超越自我，人生就是奮鬥、創造、超越。

願與大家共勉之。

姜濤的黑月：由貪瞋癡到戒定慧

二〇二四年四月十九日，Mirror 由多倫多巡演返港，姜糖那天希望在有利位置接到偶像的機，順道祝他生日快樂，不幸那天發生與 Anson Lo 的粉絲衝突，結果一件好事就因此變成令姜濤困擾的事。

其實姜糖應該不怕任何 haters，怕的是姜濤在娛樂圈內名利財色誘惑下，能否明白自己原本是怎樣的一個人，能否維持初心，維持對音樂和表演的追求。

黑月的背後，是幸福路上的抉擇。

《西遊記》是中國四大名著之一，大家不一定看過原著，但相關的劇集和電影一定看過。

《西遊記》裏唐僧的三個徒弟的特點，可以分別用一個字去概括：貪、瞋、癡。

貪：就是對順境起愛，非得到不可，否則心不甘情不願，而豬八戒就是

「貪」的代表。豬八戒在取經過程中處處表現得很貪婪，貪吃貪睡貪性：

「吃了飯兒不挺屍，肚裡沒板脂。」豬八戒說。

板脂就是腹腔的一大片覆蓋各種器官的脂肪組織，稱為大網膜（omentum），不只是儲存能量，更是跟免疫系統息息相關。

「瞋」，就是對逆境生瞋恨，一碰到不是稱心如意的境況就發脾氣，往往不理智、意氣用事、爭勝好強，孫悟空就是「瞋」的代表。

孫悟空因為王母娘娘的蟠桃盛會沒有請他，加上仙女用言語譏諷他，孫悟空一怒之下大鬧天宮，終於被壓在五指山下五百年。

所謂「癡」，就是不能做出明智決策，反應有些遲鈍。而沙僧就是個代表。而唐僧經常對孫悟空誤解，錯信其他妖魔，也是「癡」的表現。

「貪」由兩個部份組成，上面一個「今」，下面一個「貝」。貝在古時候代表貨幣，用來交換流通貨物，後來發展成各種錢幣，因此貝代表物。有了物還不滿足，還想要更多，結果就成為貪。

人不是擁有越多越好嗎？這樣想其實就是正常的需要和貪慾混為一談。

貪字在《說文解字》中的意思是：欲物也。即想要得到錢財貨物。無盡的物慾令人心不再安定，每日都要疲於奔命去得到。所以無論貪什麼，對我們來說都是阻礙了人走上幸福的路。

若是得不到呢？就引來「瞋」。

「瞋」這個字，也是由兩部份組成，是形聲字。《說文解字》的解釋：盛氣也。

「瞋」心是指遇到問題，往往盛氣凌人，甚至咄咄逼人。我見過一個父親罵一個伯伯在新界池邊放狗：「你這老而不……」我當時心中想：「這片空地當然可以放狗，你的孩子也應該明白家犬不輕易傷害人。」當時那個人的嘴臉，令我很擔心，我不敢想像他孩子日後的成長。

事實上，現代社會很多人的耐性很差，對別人的容忍度很低，一件很小的事情，都可以衍生很可怕的行為。我相信為了「爭啖氣」而魯莽傷人殺人的例子，真是多得不可勝數。

至於癡，一看到此「癡」我們會想起白癡、癡呆等，其實並非如此。癡這個字是「疒」和「疑」組成。所以並非沒有知識就是癡，反而對事情真相還是懷疑，就是「癡」。我相信歷史上那些疑心奇重，濫殺忠良的皇帝，就是「癡」。「癡」的人往往不明白事理，是非不分，善惡不分。《說文解字》中，癡的意思就是：不慧也。「癡」就是沒有智慧。

事實上，現在有很多受過高等教育的人卻沒有智慧，或者說根本不明事理。智慧和教育程度是沒有必然關係的。「癡」的人還有一個特點：就是不知自己做錯了。他們做了錯事，對人家的忠言勸說，還表現出極大的懷疑。

沙僧的癡表現得比較明顯，當師傅和師兄都被抓走後，他卻顯得茫然無措、沒有主意，關鍵時刻不知怎樣決斷。唐僧在〈三打白骨精〉中，也顯出了「癡」的狀態，因為他認不出妖怪，還錯怪了知道真相的孫悟空，對他的解釋完全不相信。

我記得有一個女生，她的男朋友好食懶飛，還經常裝腔作勢說要拋棄她。我一眼看出這男朋友其實是離不開這女生的。「我覺得你根本不需要理會他！」但是女孩因為自己內心的自卑，也缺乏安全感，所以她的智慧並被蒙蔽了。她一直對我的建議充耳不聞，而他們的關係，都是建立在「互累」（codependency）中。

貪瞋癡都是我們幸福路上的障礙，那麼我們可以怎樣消解它們呢？

我們可以靠「戒、定、慧」！

「戒」在甲骨文中，是兩隻手，捧着一個「戈」，喻意是雙手持戈，時刻保持警惕，做好防禦戰鬥的準備。

對於現代人來說，我們真是要時刻提防警惕，要警惕各種慾望的膨脹。人往往是在放鬆的情況下，因為有僥倖心態而出現問題。例如吃的時候，我們總是想滿足口腹之欲，於是吃得過多，喝得太醉，最後連身體和精神健康也賠上。還有不少人貪圖名利虛榮，做出很多抵觸道德底線的事情，最後名譽掃地，甚至鋃鐺入獄。人往往就是在誘惑前，更加要好好警惕自己。

至於「定」，這個字由兩部份組成，一個是「宀」，一個是「正」。「正」是糾正使事情恰當的意思。《說文解字》中，正的解釋是：是也。

「正」這個字，用「止」為字根，「一」表示阻止錯誤。從字面上來看，就是一個人在屋子裏，安定下來，因此《說文解字》中，「定」的意思是：安也。

當一個人有了「戒」，有了做事的規範，很顯然他的心就會定下來，不會輕易做出錯事。這就好像一杯充滿沙石的水，如果杯內的水被攪動，我們只能看到水中混濁的沙石，好似我們的心有了波動，就是人不清醒的時候。當杯中沙石沉澱，才能看到水的清澈。這也就等如你恢復了平靜，保持了內心的安定，自然很多事情能看清，能做出正確的決策。

有了定力，人自然生慧。聰明跟智慧在本質上，有著明顯的區別。

姜濤喜愛安靜，我常常想：「安」字是「宀」下面有「女」。姜濤希望有一個幸福的家，裏面住了美麗的太太，和可愛的女兒，他的幸福就是可以「弄兒為樂」。

在熙熙攘攘的大千世界，往往五色令人盲，姜濤嚮往寧靜致遠的智慧，他永遠都不會忘記，自己是一個怎樣的人。

「慧」這個字，由「彗」和「心」組成。「彗」是屬於心靈層面，對事理的高度悟性。一個聰明人不見得是有智慧的。最明顯的特徵是生活在痛苦之中無法自拔，自己也莫名其妙，找不到根源。這情況在一個擁有智慧的人身上，是不可能發生的。一個真正擁有智慧的人，能清晰判斷一個問題的本質，用相應合情合理的行為來解決。

筆者有一個醫學院的同學，他最近決定退休，把他經營的診所交給一個師弟。

「我把醫學院五年的學習，加上一年實習，在過去三十多年，已經好好地運用出來。

「我相信人生還有其他可能，你賺再多的錢，但時間光陰已經在漸漸流逝，你的精神身體也正在漸漸變弱，但往往我們不自覺，還是馬不停蹄的工作。

「我不希望我退下來，是因為『春蠶到死絲方盡』，那時候，我還有什麼可能性？

「我不喜歡自己像是一隻工蜂，營營役役到死亡的一天。

「我渴望現在退休，我還可以探索物理學的世界！」

我這位同學，絕對是一個真正有智慧的人。

由濤談到坤卦

二〇二三年演唱會：濤。

二〇二三年八月分，姜濤舉行首次的個人演唱會。這次主題是「Waves In My Sight」，是以「水」的概念做主題，姜濤希望在沈澱後，對自己有一個流動的理解：「上善若水」。

對姜濤來說，人生是一個不斷尋找初心的過程，他會專注在演出上，對於外界種種的聲音，他選擇跟它們共存：「在尋找的過程裡，每個人都會迷失，在當刻更要花時間重新把握自己的初心，不要輕易放手。」姜濤說。

「因為對行業和自身的日漸了解，我心裡也清楚自己在行業內能做多久。「你們應該記得我曾說過自己很喜歡周潤發，他的日常生活就是跑山，遇到合適的電影便下山拍。我相信這是我的理想生活狀態。」他說。

姜濤是一個很需要有自己空間和私隱的人。

「我覺得這一行對於真正熱愛表演的人而言，是每人都想進入的『夢工場』，但我自認自己並不適合留在這一行太久，甚至可能除了舞台外，其他有關這一行的事並不適合我。這行業太不安靜了，自己比較嚮往寧靜的生活，我很有機會在三十歲轉行當演員或者幕後。」二十四歲的姜濤說。

姜濤的說話令我想起錢鐘書先生的小說「圍城」，娛樂圈就像「圍城」，意思就是「被圍困的城堡」。「偶像」就像被「困在城堡裡」的公主與王子，城外的人想衝進來，城裡的人想逃出來。

我相信每個人都有自己的「天命」，我真心希望姜濤能充分展現他獨一無二的「天命」。

我欣賞姜濤對自己的誠實：如孫子兵法所言：知己知彼，百戰不殆。

事實上，知彼容易，知己很難。我們很容易看得出別人種種的缺點，但對自己的盲點卻絲毫感受不到。

聖經上說：「你為什麼看見你弟兄眼裡的木屑，卻不想自己眼裡的梁木呢？」馬太福音 七章三節。

所以，姜濤，你在我心中真的很「叻」仔。

據聞姜濤的名字，是父母找玄學家為他起的。

姜濤曾經說：「我以前不喜歡自己的名字，覺得好難聽。入行時，我想改個有三個字的名，例如韓星姜泰元，好有型！我對自己的名字沒信心，但估不到我的名字之後會演變成『姜B』。很感激『姜B』這名字帶給我的一切，但我知道『姜B』這名字不會太長遠，始終我會長大，我要用音樂作品告訴大家，我開始成熟。」

姜濤的「濤」，是波濤，是海中大波：波者湧起，還者為濤。

濤這個字很有意思，由「水」和「壽」構成。

水，上善若水。

老子說：

「上善若水，水善利萬物而不爭，處眾人之所惡，故幾於道，居善地，心善淵，與善仁，言善信，政善治，事善能，動善時。夫唯不爭，故無尤。」

「上善若水」，水的德行最高，水很簡單，卻是自然界里的生命之源。

上善若水，老子這是要人們學習水「柔弱處下」的德行。

「上善若水」令我想起了一個人：李小龍。

李小龍是全球武術界「神級」傳奇人物，但你絕對不會想到他是一個哲學家。

「上善若水，化為水吧，朋友。」

「Be water, my friend.」似水無形是李小龍的人生哲學。

「放空你的心，如水一般無形。水倒入杯中，水成為杯子；水倒入瓶子，水成為瓶子。水可靜靜流淌，亦可猛烈衝擊。化為水吧，我的朋友！」李小龍說。

「化為水」就是了解自然、了解真實的自己。

水會適應他所處的環境，準備好流向任何可能的方向。流淌的水，也代表了活在當下，而人生總是在變動，如流動的水，沒有一件事是恆常的。

激發李小龍「水的哲學」，就是詠春師祖葉問老師。

有一天，葉問師傅不讓李小龍練武，把他趕走。李小龍大惑不解，心懷不忿地四處遊蕩。他躺在一隻小舟上，越想越氣，向水中揮拳，水流走，不傷一分絲毫，李小龍好像打空拳：原來武功就應像水一樣，又柔軟又強勁。

道德經中，老子最推崇水：水是最柔弱最具善性的東西，它具有寬廣包容的胸懷和一無所求、甘居人下的德操，無論到什麼地方都是無聲無息的。

試想若果你家中出現漏水的問題，去找漏水的源頭，就知道有多麼困難。最近我家的牆壁滲水，找了好些時間，原來是外牆下雨時從外牆滲進去的。

有水的地方，就可以滋養出生命。所以太空人努力尋找別的星球有沒有水，因為水代表生命的起源。

最重要的是，無論它身處多麼顯貴的高位，水都會甘心謙卑地向下流淌，滋潤萬物而不居功自傲，清靜無為而又無所不為。

正如耶穌出生在馬槽，生在木匠之家，他從不為金錢權力而屈服。當猶太人期望耶穌是彌賽亞，通過祂去推翻羅馬人的統治，建立一個世俗的王國來救贖以色列時。耶穌指出：神的國度和權柄，不是在地上，而是在天上。

耶穌告訴世人，真正的力量是什麼！

「我的恩典是夠你用的，因為我的大能在軟弱中得以完全。」哥林多前書十二章九節。

濤的另一半，是「壽」字，「壽」顯示了人一生走過曲折的道路。

「濤」整個字的意思：是水流過了九曲十三彎，由此產生大波浪。

水波濤濤，奔流不息，驚濤駭浪，但都是源源不斷的流動，生命奮鬥不止。

驚風怒濤也捲起千重浪：水能載舟，亦能覆舟。

濤譎波詭也代表了人生變幻莫測。

二〇二三年姜濤演唱會的主題，就是「濤」。

易經中的坤卦：寬厚包容

坤卦☷象徵地，乃實質的地的功能，坤所代表的地既現實又自然。

卦辭：坤：元亨，利牝馬之貞，君子有攸往，先迷後得主，利西南得朋，東北喪朋，安貞吉。

坤卦象徵大地，地有創造與發展萬物的功能，如能像牝馬那樣柔順就會順利。

卦上下皆為地，象徵「地下有地」，地具有深厚特質，透過雙重大地的卦來表達。大地也如上天對萬物有創造（元）與養育（亨）的功能，所以卦辭有元亨兩字。

《大象》的「地勢坤，君子以厚德載物」道出了大地的深厚與包容特質，大地的這種特性應由君子所效法。

老子一直強調「柔弱勝剛強」，「萬物負陰而抱陽」。坤卦代表大地，養育萬物而不求回報，有廣大的胸懷與包容，這也是「厚德載物」之意。老子的「三寶」，其中之「慈」，「尚德若谷」代表了包容性，「上善若水」代表了水有利萬物的特性，從這方面看坤卦，其實與老子有異曲同工之妙。

黑月：人的貪瞋癡慢疑

前文談過人的貪，貪到什麼也要：金錢、名聲、權力⋯⋯過分的執著，只為私欲，不肯施舍，甚至可以損人利己、為貪而貪——只是「想要」而不是真的「需要」。

如何消除貪念？學會有所捨棄。李連杰曾經說：「只有給出去的才是你的。」

研究發現，當一個人為別人買禮物作為饋贈，當中得到的快樂，比替自己買禮物更為大。這樣說來，在某些情況下，錢不單只可以買到快樂，還能廣結善緣。

再說一下其他的毒心：「瞋、痴、慢、癡」。

瞋心：當一個人貪不到、求不得、擺不脱，便會生瞋；或是得到又失去，因為不如意、不稱心而引生瞋心。

瞋是對自己所在的環境和處境，不能忍受，很不耐煩。

憤怒是一種不愉快的內心狀態。世界上沒有比憤怒更普遍的情緒了。當人被工作和生活追着跑，就會感到焦躁。跟別人無法溝通，受到不公平的待遇，面臨不幸的遭遇，失去重要的東西⋯⋯基本上幾乎沒有人可以逃過憤怒的情緒。

貪婪的另一面，就是妒恨。假設我們從慾望出發，希望塑造身邊的一切，符合我們的想像。就好像一些虎爸虎媽，希望孩子令他們感到驕傲。當孩子並不是「獎牌小孩」（trophy child）時，就感到很氣忿。當我們拒絕接受不符合我們期望的人事物，並且厭惡他們的存在，就會生起瞋心。其實我們厭惡的，並非不速之客，我們跟他們根本就是共同存在於現實之中，只是我們不願意接受和承認真相。所有世間事物，最令人厭惡的，莫過於死亡。於是人便選擇忽略死亡，彷彿我們是長生不老一樣，我們因而變得越來越貪婪執著。

筆者認識一個人，名叫 Peter，是專業測量師。他工作很仔細，不過整天不開心。

「為什麼這樣不開心？」我問他。

「工作毫無意義可言，只為了賺錢，中了六合彩我就不用為五斗米折腰！」Peter 說。

「你是專業人士，可以把你的專長貢獻社會。」我回答。

「上司往往諸多要求！真令人討厭。」他說。

Peter 相信修身積善「不」可以改寫自己的命運：「我不會看你推薦的《了凡四訓》。我不會相信，這世上好人根本不會有好報，壞人反而事事亨通！」

Peter 一直對身邊事物缺乏耐心，看待事情沒有深度涵養，他特別容易生氣。他一不順心，就懷有憎恨之心。

在人與人的相處上，他經常看對方不順眼。待在他身邊，聽他多說兩句話，就感受到他的負能量。

「若做好事為了好報，那就是有自私的動機。好像有些人嘲笑基督徒信主是為了上天堂。」我說。「做好事純粹為了做好事，沒有要求回報的期望，你自己在當中也會感受到那份喜悅。」我說。

我看到 Peter 整天唉聲嘆氣、怨天尤人，他那副模樣，怎樣會「行運一條龍」？

往往，一個人能夠改運，第一就是好好耕耘自己的心田，因為一生的果效，是由心發出的。寫了凡四訓的袁了凡，首先就是承認自己的所作所為，不是有福的人應該有的。袁了凡有了這份覺悟懺悔，才改寫了自己的命運。

很多時候，所謂敵人其實只是自己幻想出來的，用來推卸責任及作為不必面對真相的藉口。倘若一個人總是保持抗拒的心態，對生活中的「仇敵」老是執著，仇敵的形象也是自己想像出來的，與真相並不怎樣相符。

「這裡沒有別人，只有你自己。」名作家張德芬說。

別人眼中的你，就是他們自己的投射。你眼中的別人，也是自己的投射。

到了最，我們會發現，原來真正的敵人是自己，長久以來不斷對抗的，是自己狹隘的自私觀點。就如釋迦牟尼所說：「戰場上擊敗千千萬萬的敵人不算什麼，真正的英雄是戰勝自己的人。」

老子在道德經三十三章這樣說：

知人者智，自知者明。

勝人者有力，自勝者強。

知足者富，強行者有志。

「不輕易發怒的勝過勇士，制伏己心的強如取城。」箴言十六章三十節

如何消除瞋心？我相信就是讓自己實際感受到「我正在憤怒」，而這些憤怒「對自己沒有益處，沒有價值」。

因為人處在憤怒裏精神就無法集中。或許有人説，「憤怒可以轉換成努力的動力」，但這只是錯覺。

基本上努力應該是「將精力集中在必要的事情之上」，憤怒只會妨礙人的集中力。一個憤怒的人可以做出很衝動和破壞力很大的事，盛怒令人失去理智。

憤怒的人可能會產生「我要戰鬥、我要努力！」的想法。但那只是被憤怒激起的情緒，與集中力毫不相干。

憤怒令人不能冷靜思考，一腔怒火永遠無法戰勝「冷靜專注的心」。

憤怒另一劑解藥，就是培養慈悲心。其實原諒別人，為的就是自己。當你不恨對方，哪裡會有痛苦呢？最容易掉下的陷阱，就是以別人的過錯懲罰自己。

聖經馬太福音有以下事跡：

傍晚，耶穌和十二個門徒吃晚餐。席間，耶穌說：「我實在告訴你們，你們中間有一個人要出賣我。」

他們都非常憂愁，相繼追問耶穌，說：「主啊，肯定不是我吧？」

祂說：「那和我一同在盤子里蘸餅吃的就是要出賣我的人。人子一定會受害，正如聖經上有關祂的記載，但出賣人子的人有禍了，他還不如不生在這世上！」

出賣耶穌的猶大問祂：「老師，是我嗎？」

耶穌說：「你自己說了。」

他們吃的時候，耶穌拿起餅來，祝謝後掰開分給門徒，說：「拿去吃吧，這是我的身體。」

耶穌在最後的晚餐中，還是用了祂的大慈悲心，包容了即將殺害他的敵人。

姜濤把 haters 對他的種種「指點」，在娛樂圈經歷的複雜、種種的折騰，視為磨練和提升自己的契機，回到初心，這一切逆境都是增長智慧的原動力。

姜濤放下瞋心，把面對的種種壓力，轉化成為成長動力！

．．．

成長缺乏艱難壓力，就等如骨骼沒有鈣！

比起七、八十年代，今時今日小朋友成長的環境大大不同。

我記得第一次到尖沙咀的海運大廈，是在小學的時候。鄰居的戶主是經營街邊水果檔的，那家人有一個女兒，低我兩班。她每天都走到我家，跟我一起做功課。

我經常當她的「槍手」，替她做功課。有一天，我替她畫了一幅畫，真是意料之外，這幅順手塗鴉的畫作，竟然被挑選在海運大廈展覽。

女兒的爸爸就領了我和女兒，一起乘坐巴士到海運大廈。那次我們每人獲贈一條瑞士糖，大家都很高興。

鄰居常把壞掉部份的水果送給我們吃，我把壞果肉切掉，就可以免費吃到不同的水果，還把果肉做成水果啫喱。

因為成長環境的匱乏，我們很珍惜食物，也很善用資源。

我丈夫對我說，他小時候發生了一個意外。一天他跟同學行山，不慎掉進一個糞池裡，幸好有人拿一枝竹竿給他握著，再拉他上岸。

他匆匆沖洗身體，回家不敢跟父母說，怕下次家人不准他跟同學行山。

我小時候也很自由，為了多些零用錢，自己去工廠找手作。

我想說什麼？就是我們童年有不確定性、有風險，遇到困難要想辦法面對，甚至去適應和生存！

急性和偶發的壓力，就是成就「反脆弱」的內心。

今天父母為自己的小孩安排得太多，不過在課堂上或課外活動中，一切都預先安排好，都要保證學生安全。

「我現在簡直不敢對這個同學說話！」一位老師說。「他回家會向家長投訴老師罵他！之後家長在學校搞得滿城風雨！」

結果同學就坐在一邊，沒有老師敢接觸他。

我想問最後受害者是誰？是孩子！父母是好心做壞事。

沒有衝擊和挑戰的成長經歷，剩下「玻璃心」的孩子。

有一個老鼠實驗：第一組把老鼠個別孤立、第二組把老鼠放在一個環境單調的籠子，第三組把老鼠放在環境和食物豐富的環境，第四組把老鼠放在自然環境。過了一段時間，將四組老鼠拿去做迷宮測試，看看哪組表現最好！

大家猜一猜，哪組表現最好？哪組最差？

相信大家都猜到，最差是第一組。

結果最好是第四組，老鼠的表現比第三組優勝很多！

結論是，對於老鼠的智力發展，最重要是同伴和自然環境。

為什麼？因為同伴和大自然，兩者都有不穩定性、有變數和風險，有助「反脆弱」的建立。

反觀今日的孩子，有多少時間是跟同伴自由在大自然嬉戲？功課、補習和課外活動都排得滿滿，塞得透不過氣。

為什麼孩子需要急性和偶發性的壓力？孩子要面對經歷過這些，才能茁壯成長。反觀今日孩子因為被師長揠苗助長，他們面對的是壓力，是慢性壓力。

慢性壓力來自於家長、學校、同儕比較等，慢性壓力令體內皮質醇長期處於高水平，這可以令到大腦內的海馬體萎縮，引致記憶力和集中力下降，對孩子的發展百害而無一益！

時代是改變了，但孩子的成長環境，可會有返璞歸真的一天。

痴心：不明因果，不識因緣。一廂情願地把不合理的事情成為事實。

痴也許就是無明，做人不辨是非，看不通、想不透，不明事理。

我相信每個人或多或少都有痴心。

當我們看不到或無法想像真相是什麼事，便容易被貪婪和忌恨所驅使。見不到真相，一味沉溺於自己的想法中，就形成各種妄想，即是「痴」。

妄想又會令我們看不見人事物的真相，轉而生出佔有或摒棄之心，如此惡性循環永無止境。這個過程中，貪婪與妒恨互為交織：今日我所欲者，可能明日成為我所惡者。

減少痴心，就是要增添智慧，我認為是認清自己、在減少貪心和瞋心過程中，看清世事無常，一切皆緣起性空。

好了，談到慢心了。

慢心就是驕慢，自覺了不起。

往往當一個人帶着憤怒去否定一切，就會產生「自己是正確的」這個錯覺。

當人經常憤怒地去批判、抱怨時，他就是把周圍的人事物捲進自己的世界，來鞏固「自己是正確的」這想法。

佛教就把這「自己是正確的」「自己是有價值的」想法，稱為我慢。

傲慢、自尊心、虛榮心、優越感、漫不經心、自大等，這些都全是「我慢」。

或許有人會覺得，擁有自尊不是很好嗎？事實上，當一個人能對世界和其他人產生貢獻，才具有正面意義。如果單單感覺自己是正確的、優秀的，那就只是妄想而已。

我認識一個朋友，她談吐優雅，懂多國語言，很有語言天賦，處事精明。

我跟她去了一趟旅行。

原來相處了十多天，我看到了她的「黑月」。

因為我每逢出發到外地，事前都沒有充分時間準備，行李都是傭人姐姐替我打點的。

我有一次我隻身到紐約參加學術會議，早上差點錯過班機，是傭人姐姐提醒我的：「你今天不是要出門嗎？」

臨時臨急趕上飛機，在機艙中，我才開始研究行程。

上天眷顧，我在航班上，竟然碰上鄧麗華醫生，原來我跟她是同一酒店，一起參加那國際會議。

不過這一次，跟我一起去旅行的朋友，她輕蔑的言行舉止，令我真的很難受。同團除了朋友和我以外，全部都是外國人。

因為交通的時間頗長，我們很多時都要播點音樂來調劑一下。

「我播你的偶像姜濤的音樂，簡直是污染了我的智能手機！」朋友說。

我心想，你憑什麼詆毀我們喜歡的偶像？難道外國的月亮特別圓？

當一班外國人談笑風生時，我總是被遺忘冷落的一個。因為英文是我的第二語言，我聽不懂他們的笑話和俚語，他們也可能聽不懂我的「港式英語」。我的診所也有外國病人，但因為談話內容有背景，有架構，所以我可以應付。跟一羣外國人閒聊，那是兩碼子事。

旅行有一個環節是去行山，朋友說：「你不要指望別人幫你，你做不來就要自動退出。人家都是付錢來的，你不要給別人添麻煩。」

我心想，我一定要行那趟山，因為今次我不去，以後就更加沒有信心和能力去。

正當我一步步上山的時候，我身後有一把聲音：「放心，我一直在你後面！」

那個團友是初相識的，是一個美國女子，從一間名牌大學畢業，現在已經退休，她以前是電腦工程師。

在人性陰暗的角落，我看到人性善良的光芒。

當時，我們團的導師說到一點，對我很有幫助：「當你難受時，想想你也令到別人難受過！還有，世界上有很多人跟你同一般難受！」

記得神父理察德．羅爾（Richard Rohr）曾經說：「一個人最好經歷一些羞辱。」

「被羞辱時，你有多難受，就是反影你的自我（ego）就有多大！

「資深的神父，高級的專業人士，位置越高，一朝你上了神枱，被人當面羞辱的機會就越少。」羅爾神父說。

記得自己年輕時，到印尼旅遊，原來那裡侍應的人工，只得港幣二百元。我當時心中很傲慢地想：「我一個月的收入，起碼可以請三、四十個工人！」

另一次，我對侄女說：「你太胖了，要多做運動！」

侄女顯得有點尷尬。

事後我對兒子說：「你看侄女真是太肥了，不知她搞什麼？」

「媽媽你這樣說太不公平了，試想若果我處身在她成長的背景和艱難下，也不會比她好。」兒子說。

我很慚愧，我經常看不起人，輕慢別人，多謝兒子對我的提醒。

聖經上說：人最核心的罪就是驕傲。

有一個這樣的故事：

四個和尚，一起去禪修靜坐。他們相約好，一連七天都要修行止語。誰犯了規，就要受罰。

各人都安排了工作，一個負責煮飯，一個負責打掃，一個負責洗衣，一個負責點燈。

第一天，他們一起靜坐，到了黃昏，天也黑了，眼見那個負責點燈的，還是一動也不動，他終於忍不住了。

「你不是要負責點燈的嗎？」第一個和尚說。

「你破戒了，因為你說話。」負責點燈的和尚說。

「你也破戒了，因為也是話了話。」第三個和尚說。

「我最棒，因為我沒有說話。」最後一個和尚說。

當他這樣説時，其實已經破戒了。

驕傲就是這樣的一回事：「你看，我比你更謙虛！」

那麼如何化解「驕傲」這罪中之罪呢？

耶穌為我們示範了一個完美的去除驕傲的方法：不是去比較誰最謙虛，而是全心全意去服侍人。

耶穌為十二個門徒洗腳，祂告訴他們：你們要彼此洗腳去服侍人，展現相愛和懷有謙卑的心。

「無論誰，因著門徒的名份，就是拿一杯涼水給這些卑微人中的一個喝，我確實地告訴你們：他絕不會失去他的報償。」馬太福音十章四十二節

驕傲到自戀

Eric今年差不多四十歲，他的父親是醫生，媽媽是護士。父母對他要求都很高。

「你為何數學卷只有97分？那3分哪裡去了？

你究竟有沒有盡力?」Eric 的媽媽,經常對他冷嘲熱諷。

Eric 在英國唸完高中後,就進入了港大醫學院,不過 Eric 在畢業後在實習和受訓期間,經常跟上司和病人起衝突,結果他不能夠完成專科受訓,也不能待在一間醫院穩定地工作。

Eric 在親密關係上,也屢屢碰釘。

「我認為自己蠻好的,家境又不錯。可能之前有一些誤會,令其他人對我都存在偏見。這個世界就是那麼不公平!」Eric 看來有點「自戀狂」。

孩子的成長,建立健康的「自戀」是必要的:認為自己與眾不同是人類的正常需求。其實每個人都會自戀,總會覺得自己有一些與別不同的地方,希望有機會展現,得到別人肯定。

不過 Eric 所表現出來的自戀,肯定很不健康。究竟什麼是健康的自戀,什麼是病態的、會傷人的?

根據 DSM5,病態自戀者「妄自尊大、過於自信、對別人缺乏同理心、剝削別人,幾乎沒有羞恥或罪惡感。容易做出冒險行為。」

很多時候，Eric 覺得自己不錯，別人都很差勁。Eric 對他「前度」的感受，不管不問，所以在他身邊留下了無數的情感創傷。可是 Eric 曾經有一個女朋友，成就比自己高，令他既自卑，又憤怒。

Eric 沒有真正的朋友。

自大狂的 Eric，其實是很「脆弱」的自戀者。他的成長經歷，充滿了對他的否定，他內心缺乏安全感，他具有防備心理，傾向於把他人的言行視為「有敵意」。此外 Eric 用強迫性的清潔行為，對金錢的極度吝嗇，對別人的操控，成為他的另一道的心理防衛。

另一個極端（可能是大多數），就是父母對孩子無底線的溺愛，以致孩子將來成為一個「妄自尊大」的自戀狂。

建立健康的自戀，首先由家庭做起：父母對孩子有「無條件」的愛，無條件的愛令孩子覺得自己獨一無二，他／她的存在已經是一份祝福。不過孩子也需要「有條件的愛」：父母對負面情緒的處理，和制定行為的底線：這樣做就是令他們明白現實生活上，如何在合理範圍內待人接物。

事實上，健康的自戀是每個人都需要的，每個人都需要自信、自尊和自我價值感，以及與現實相應，承受挫折的能力。

最後談談疑心。疑：不但懷疑自己，同時也懷疑別人。這是與信心相對的。當一個人飽經風霜，多次被人出賣背叛傷害，他可能不容易相信人。

活到今時今日，我仍然會看錯人，被人出賣。

但我選擇相信，待人處事當然要小心謹慎一點。不過就是事事生疑，並不能保證你一定安全，反而失去了認識新朋友和新事物的機會。

「所以現在常存的有信、望、愛這三樣；而其中更大的是愛。」歌林多前書十三章十三節

易經中的坤卦：其中的瞋癡

再談談易經，乾卦之後就是坤卦。

坤卦（坤為地）：卦辭：元亨，利牝馬之貞。君子有攸往，先迷，後得主利。西南得朋，東北喪朋，安貞吉。

爻辭：初六，履霜，堅冰至。

六二，直方大，不習无不利。

六三，含章可貞，或從王事，无成有終。

六四，括囊，无咎无譽。

六五，黃裳，元吉。

上六，龍戰于野，其血玄黃。

爻辭當中，最好的是六五：黃裳，元吉。黃代表了「中道」，裳為古人所穿的下服，象徵了「謙下」。

可是當一個人有妒恨的心，而成了上六：龍戰於野，其血玄黃。當陰龍欲固守其地，陽龍欲擴佔，陰陽二龍自然就發生了爭鬥，天地因此混雜，天色為玄（青），地色為黃，天地不分、乾坤莫辨，情況惡劣。

由元吉變成其血玄黃，就是因為瞋心。

黑月：每個人都有自己的陰暗面：貪

月亮，即是月球，環繞地球運行的一顆衛星。月亮年齡大約有46億年，它是地球唯一的衛星，也離地球最近。

有一個很奧妙的猜想，就是月球可能是空心的。月球是冰行星，可能在擦過地球時被地球吸引住，而產生了軌道。還有，月球的平均密度比地球小，體積小加上密度低，令到地心引力也小，所以在月球漫步就像在太空漫步，腳浮浮、輕飄飄。

月球環繞地球旋轉時，地球、月球、太陽之間的相對位置不斷地變化。月球本身不發光，它的可見發亮部分是反射太陽光。我們從不同的角度上就看到月的陰晴圓缺。

有趣的是月球會自轉，而它自轉週期恰好與它的公轉週期相等：所以我們永遠只能見到月球的一面。

它的背面永遠受不到太陽的照射，所以是很神秘莫測的黑漆漆一片，是「黑月」。

黑月這首歌，是寫姜濤在過去五年來，如何面對人性的黑暗面：「貪瞋癡」。

可能老、病、死，甚至所有的不如意，都不是造成人生痛苦的真正原因。因為這些畢竟是存在的自然法則。痛苦真正的原因，是人們對這些存在的自然法則執著的態度。

佛陀釋迦牟尼認為，一個不願覺悟的人，會有三種惡的根源，分別是：貪婪、妒恨與妄想。

這三種惡念，就是如三枝毒箭。

「黑月」好比人的陰暗面，不單止別人不知，可能自己都不知。從來知人容易，但知己是最難的。

你看到的自己，並不是真正的自己。別人看見的你，也不是你真正的自己。你看到別人是什麼樣子，那才是你真正的自己。別人看到你是什麼樣子，那才是他們真正的自己。

有一天，蘇東坡去拜訪老友佛印，佛印正在打坐。蘇東坡便在佛印的對面靜靜地坐了下來，跟著佛印打坐。過了約一炷香的時間，兩人同時張開眼睛，結束打坐。由於剛打完坐，蘇東坡覺得渾身舒暢，滿心歡喜。他問佛印說：「你看我現在像什麼？」

佛印回答蘇東坡：「我看閣下像一尊佛。」蘇東坡聽了佛印說自己像尊佛，心中大樂。佛印也問蘇東坡：「那閣下看我像什麼呢？」

蘇東坡心想：「平常老是被你佔便宜，今次讓我找到機會，來佔佔你的便宜。」於是他回答佛印說：「我看你像一陀屎。」佛印臉上微微一笑，便又繼續打坐了。

蘇東坡自覺佔了佛印的便宜之後，沾沾自喜，回到家便迫不急待地將這件事告訴了蘇小妹。

「哥，你被佔便宜了。」聰明的蘇小妹聽完蘇東坡的話後說。「為什麼？他看我像尊佛，我看他像陀屎，怎麼反而是我被佔便宜呢？」蘇東坡疑惑的問。

「佛經上說，心中有佛，則觀看萬物皆是佛。佛印因為心中有佛，所以看你像尊佛。大哥，當時你的心中裝了什麼？」蘇小妹說。

事實上，我們面對的，不止三毒，而是五毒：「貪瞋癡慢疑」。

慢：一個有慢心的人，就是傲慢、自大，覺得別人沒什麼了不起，容易對別人產生輕蔑感覺。

「做何事都不要出於爭競，也不可出於虛榮，而要以謙卑的心，各人看別人比自己強；」聖經腓立比書：二章三節

「我若能說萬人的方言，並天使的話語，卻沒有愛，我就成了鳴的鑼、響的鈸一般。

我若有先知講道之能，也明白各樣的奧秘、各樣的知識，而且有全備的信叫我能夠移山，卻沒有愛，我就算不得什麼。

我若將所有的周濟窮人，又捨己身叫人焚燒，卻沒有愛，仍然於我無益。

愛是恆久忍耐，又有恩慈，愛是不嫉妒，愛是不自誇，不張狂，不做害羞的事，不求自己的益處，不輕易發怒，不計算人的惡，不喜歡不義，只喜

歡真理；凡事包容，凡事相信，凡事盼望，凡事忍耐。愛是永不止息。先知講道之能終必歸於無有，說方言之能終必停止，知識也終必歸於無有。如今常存的有信、有望、有愛這三樣，其中最大的是愛。」聖經歌林多前書十三章。

愛，就是對慢心的解藥。

疑：一個人對什麼事都存疑

耶穌對他說：「你因為看到了我才信嗎？那沒有看到就信的人，是蒙福的。」約翰福音二十章二十九節

這裡說到，就是多馬的疑，不肯相信其他人，包括師傅，只相信自己。疑，何嘗不是自我中心的態度。

貪欲：被過多的欲求驅使形成的內心狀態

期待太多，想要太多。

因為被「更多一點」」「這也想要，那也想要」」「希望那個人能如何如何」等欲望驅使，因而感到不滿或焦慮。

所以當自己對什麼都感到不滿時，基本上就是貪欲了，也就是「不滿足而想要的態度」。

貪婪令人看到喜歡的人事物，總是想要擁有，總以為可以把其他人塑造成自己所喜愛的樣貌。一個人持有這種態度，並是以利害關係來看待世間的一切，這樣偏於一個角度，就會失去認識人事物真相的能力。

荒謬的是，我們也不會真正珍惜因貪婪而求得之人事物，因為若只從利害關係的角度去看，這些東西終究都會失去獨特之處。就像一幅藝術作品，貪婪只令人關心它的市場價值，而不是其藝術的意境和美妙之處。

我們每個人都有貪念，欲壑難填、貪得無厭，貪得不知節制。

慾望在人生中起這麼重大的作用，它是一個壞東西嗎？

貪欲往往是源於「妄想」，即使得到，也就是滿足妄想，對現實不會有太大改變。

小兒子小時候，很愛買玩具，雖然家中已經很多玩具，但他見到新的還是想要。我有時受不住他的苦纏，就屈服而買給他。當時他確實是滿足了。誰知回到家裏，大兒子弄掉了玩具的一角，小兒子就嚎啕大哭。

我心想：「我買玩具是讓你開心，結果是引起更多的爭執和不開心。」

叔本華說：「慾望不滿足就痛苦，滿足就無聊，人生如同鐘擺在痛苦和無聊之間擺動。」

薩特說：「人是一堆無用的慾望。」

貪欲是邪惡的，是人間一切壞事的根源，導致犯罪和戰爭。

可是，如弗洛伊德所說，生命本來就是慾望，慾望是本能，是生命的動力。否定了慾望，也就否定了生命。

所以無欲則剛這句說話，只適用於已屆知命之年的人。

我們以為外面的財富和名聲可以令人滿足，心理學已經說明，當財富到了一個程度，再多的錢和享受，已經沒有意義。而且我們常常不去想自己擁有的東西，卻對得不到的東西念念不忘。這情況就如叔本華說：「我們可將財富比做海水，喝得愈多，愈是口渴，名聲亦復如此。」

貪欲是心理疾病

我認識一對夫婦，太太是美容師，丈夫是經營網店的。兩個人本質上都很優秀，女的店鋪其門如市，男的生意也滔滔不絕。

夫婦有一個兒子，但他們實在太忙了，跟孩子一起的時間很少。

我問太太，為何要長期的拼命工作？「我害怕窮，我小時候的日子物質非常匱乏，經常被別人看不起。」她說。

「現在你的生活已經大大改善了，對嗎？」我又問。

「我不能讓自己停下來！我要自己在行業中成為翹楚！」她說。

「為什麼？你內心深處缺乏安全感？」我又問。

「我真的不知道為什麼！」女人哭泣起來。「我拼命在做不是因為感到快樂，而是源於恐懼！」

這種「想要得到更多更多」的背後，是恐懼「匱乏」。人就這樣不斷地在循環中打轉。但是內心又無法明白自己發生了什麼事，所謂「怕窮而要得到更多」也許只是腦袋裡的「妄想」，太太無法覺察它；她丈夫的情況，也是仿佛相若。

無法停止追求，不必要的妄想，這是心理疾病。，好像「強迫症」一樣。如果能自我察覺這個狀態，就能轉化自己的心態，進而追求更有價值的生活方式。

為什麼我說貪欲就像心理疾病，事實上，它跟強迫症一樣（強迫思想驅使人去做一些非理性的事，如不停洗手、抹東西），而貪欲是一種驅使人去追求不必要的東西，讓人一直處在不滿和不安之中。

他們所帶來的慾望及憤怒會讓人焦躁，甚至讓人想去搶奪、傷害，利用別人。

認識一個億萬富翁，雖然有家眷兒女，但還是結交一個又一個的女朋友。富豪很少為了利他的目的而做善事，他的所有善舉全都為了個人的形象與名聲。

最近一向慳儉的富豪不知何故染紅了頭髮，還穿了一身很潮的名牌。他每星期還要和女朋友到名店購物：「我用幾十萬來令自己開心，服務員把我奉為皇帝，我快樂像神仙！」

我相信他買回來的快樂，保質期不過二十四小時。

「所謂輝煌的人生，不過是慾望的囚徒。」叔本華說。

知足常樂、知足不辱。

著名作家哲學家梭羅說：

「一個人只有滿足了基本生活所需，不再汲汲於名聲，不再汲汲於富貴，便可以更從容，更充實地享受人生。」

難怪我班上最有智慧的同學，如林慧雯醫生、馬素芬醫生、區德成醫生，都選擇了退休和半退休。

生活的本質，不是營營役役的貪得無厭，而是回歸純樸善良，珍惜眼前，活在當下。

我們很容易指責別人貪心，但又看不見自己的貪婪。

我們不時希望自己能不勞而獲，例如不去用心做資料搜集和分析，想做一條「跟尾狗」，學著人家投資致富。

當我私人執業之後，才學會量入為出、收支平衡、積穀防饑。

我經常提醒自己，不要為了錢而令病人接受不需要的檢查和藥物處方。醫學上，最重要的第一守則就是：「Do no harm!」「不要傷害！」就是這個道理。

牧師病人的欺騙

記得那時候，還在醫管局工作，我遇到一個自稱是牧師的病人。他對我說自己的精神很焦慮和抑鬱。我試過很多第一線藥物，他都不滿意。到最後我開了一些比較先進和昂貴的處方，他立即滿意了。

每次當他見到我時，都沒有什麼抱怨，而我們在公營醫院的門診很忙碌，我沒有時間作深入瞭解（可能心中根本就對他反感，想快快打發他），就如他要求，每次給他處方四個月的藥。

有一天，我收到醫管局總部藥劑中心的電話，藥劑師告訴我，那個牧師病人在各處的專科門診「開了戶口」，拿了很多昂貴的精神科藥物。

「你去跟那位病人說，只可以選擇到一處地方開藥。」藥劑師對我說。

結果當我再次遇見那個牧師病人，就質問他：「你重覆拿了這麼多藥做什麼？」

他吞吞吐吐地對我說：「我見到那麼多藥，人比較感到有安全感。」

我跟他說：「這是一個欺詐行為，我相信你是把這些藥賣給社區藥房。你現在一定要選擇，只能到一間專科診所看病。」

精神科是很容易詐病（malingering）的，因為醫生只能相信病人的說話。我們不會用測謊器來鑒別他說的是否真相。

「若果你繼續這樣做，我一定會報警跟進。」我嚴肅的對他說。

我想不到自稱是一個牧師的病人，會貪心卑鄙到拿醫管局的藥物去售賣圖利。他是一個賊，偷政府和納税人的金錢。

我們沒有採取法律行動，那個牧師病人最後到了九龍區的一個專科診所去繼續看病。

所以外表、職業、教育、公開的談話，可能跟一個人有沒有立壞心場，一點也沒關係。因為人心叵測，人的陰暗面還真的讓我們都驚訝不已。

這方面，當然包括了自己！

不少人的志願：有一堆一堆的錢

這是一個我小學和中學時期經常出現的作文題目：我的志願。

最近，我經常拿這個題目跟時下青少年分享。

「我的志願是成為醫生！」這是不少人的答案。

「為什麼呢？」我問。

「我希望賺到更多的錢。」他們回答。

啊，原來在他們來看，行醫是為了賺錢，而病人就是醫生賺錢的工具：換言之，你有危，我有機。

我也看見不少父母，因為孩子入讀醫學院，而感到驕傲自豪。

有一個醫生的獨生子，因為被安排太多醫科預備課程，父子關係產生很多矛盾和衝突。

「我只有這個兒子，我不可以任由他的興趣選擇科目。」爸爸歇斯底里地大叫。

原來兒子「繼承衣鉢」就是那位醫生的人生目標和意義。

醫生的圈子就是一個白色巨塔，界定人的身份和社會地位。

所以我認為真正的「勁人」，不是專業人士，他們沒有這些名銜的保護，出人頭地靠的是在社會上的真本事。

那麼其他科目又如何？

「我同學唸物理系的原因，只是想將來當一個小學或中學老師。」有一個少年人這樣告訴我。

早前黃天祥博士對我説，香港中學只有大約 5000 人報考物理科。

「物理科太難，用太多時間去思考理解，分數又不一定考得好，真是得不償失！」其中一個學生告訴我。

原來選修什麼科目，也是一場功利計算。

為何形成這種價值觀?都是錢和經濟效益作怪。

「我決定放棄會計，因為我喜歡運動，我要做一個物理治療師！」John跟我說。

「我希望做一個教育心理學家！」June 跟我說。

John 是運動型的人，所以在會計師樓待不住，而他真是很喜歡物理治療，感到這樣能直接幫助到別人。現在 John 在物理治療系唸得很出色，GPA 十分高。

至於 June ，她本身是註冊藥劑師，在私家醫院有一份優差。但她不畏艱難，決心轉換職場跑道。

他們都是我很敬佩的人，因為他們有志向。

在西方國家，尤其是芬蘭，醫生的工資和教師相約，一個好廚師所賺取的金錢，往往比一個醫生和律師還高。

說了這些，反映了社會價值觀出現了什麼問題，也明白最近的學生移民他國的情況。

最近出現了那麼多「學生移民潮」，大家會否想想這個社會結構，出了什麼問題？

又回到慾望這個課題：「醫生，你診所的牌匾『無欲則剛』是不對的。」有一個女士對我說。

「慾望對年青人是需要的，是他們積極向上的動力。我們這一代的孩子就是缺乏慾望，經常躺平。」女士說。

「但不可以貪到癲，完全沒有底線！為了慾望可以不擇手段。」我說。

「無欲則剛是一個人到了成熟的年紀，不再向外奔馳，而是反回內心尋找心靈的富足。無欲則剛這句說話，只是給我們這些年紀的人聽的。」女士說。

對於她這番見解，我很認同。

易經：乾中含有的貪

易經六十四卦當中，並沒有一個特別提到「貪」，但其實每個卦都可能包含貪。

就像乾卦：乾，元亨利貞。

乾卦的六個爻辭：初九，潛龍勿用。九二，見龍在田，利見大人。九三，君子終日乾乾，夕惕若，厲无咎。九四，或躍在淵，无咎。九五，飛龍在天，利見大人。上九，亢龍有悔。

最好當然是九五：飛龍在天，但在這巔峰位置，若還繼續貪心想得更多，去得更遠，就變成上九：亢龍有悔。

在每一個不好的爻中，它都蘊含負能量：那就是貪瞋痴慢疑。

大表姜：彼此守望的愛

比卦——兄弟之情

姜濤最近一次的哭泣，應該在 MIRROR 二〇二四年一月二十九日舉行的亞博演唱會，那是第12場，當日的彩蛋是邱士縉（Stanley）和姜濤同台合唱《蒙著嘴説愛你》。

只見姜濤急不及待連跑帶跳走出來，對 Stanley 又是攬腰又是撫胸又是拖手，展示了「親密無間」的兄弟情。

Stanley 當時説：「我們不經常相約吃飯打波，但當彼此有需要時，知道對方永遠都在。

「我愛你，不是因為你是姜濤，而是你的內心很強大！

「你有什麼需要時，我都會在旁邊支持你！」

事後，Stanley 出 post：「這個人，我會用『在心中』形容，永遠都會撐你，但我都會努力咁『鬧』你，我愛你兄弟。」

姜濤也在IG貼出合照，更公開了Stanley綵排唱出《蒙著嘴說愛你》的片段，他寫道：「我是真的把這個人當我親阿哥，你說的我都會聽的，在心中。」片中，Stanley唱得吃力，在旁淘氣的姜濤忍不住對他大笑！

我在螢幕看見，在尾聲時，姜濤雙眼糊著淚水！

當一個人歷盡艱辛、挫折、委屈…事情到了最後，當然需要自己去處理和面對，不過別人一句溫暖善良窩心的話語，就令人動容落淚。

「一句合宜的話，就像金蘋果在銀網子裡。」聖經箴言。

．．．

回想自己都曾經有類似的經歷。

那是在十多年前，我即將準備離開醫管局時⋯

部門主管針對我討厭我，在好一段時間，他一點機會不給我，無所不用其極地去打擊我、扼殺我。儘管我多次提出，以我的經驗和年資，希望有機會接受新挑戰新嘗試，他也在口頭上多次承諾，到頭來卻一切都是空談。而每當我在工作上有亮眼表現時，他是視而不見，置若罔聞。

記得有一個病人，本身是護士，因為工傷而患上抑鬱症。那位護士不服那位主管的診治，用言語去駁斥他、揶揄他，主管可能覺得丟臉，一向裝成「謙謙君子」的他，竟然在她面前大發雷霆，把病歷一手丟在桌面上。

見到這情況，我自動請纓去醫治她。幸好那位病人跟我談了一會之後，態度軟化下來。經過一段時間的治療，她的情況有了一些好轉，她還送了一個水果籃給我。當我拿出水果分給大家吃時，主管竟然說：「這些生果會否下了毒？」他這番話令我很驚訝。

原來主管還在過去一段時間，不斷搜集我的黑材料，以備在適當時候攻擊我。所謂適當時候，就是有升職的機會的時候。主管不停利用這些黑材料，例如為何接受傳媒訪問？為何跟其他部門合作而不先向他請示？諸如此類來質問我。

我向當時的聯網總監反映，想不到他用極其輕蔑的眼神對我說：「不如你看看劇集《宮心計》吧！你太無知了。」

事後想起，這位極其聰明兼機關算盡的醫聯網總監，又怎麼會幫助一個無名小卒，因為這樣做對他沒有一點「著數」！

我心中很茫然，當時醫院聯網有一位總經理，她對我付出了無條件兼超乎想像的理解、信任和支持：「你的部門主管對你進行職場欺凌，你到醫管局行政總裁（chief Executive）處投訴吧！反正你是處於不能再惡劣的位置。」

我從來沒有想過，在「白色巨塔」一樣的醫療機構，遇到一個這樣俠骨仁心的高級行政人員。當時我不禁流下淚來：「我是低微的員工，你這樣做對你沒有好處！我真的很感激你！」

當一個人在孤立無助時，有人對你伸出援手，這種雪中送炭的溫暖、推心置腹的體諒，會令你知道誰是真朋友。

總經理教曉了我：對人不要做錦上添花的事，要做雪中送碳的事。

結果我依總經理說，姑且試著投訴，心中也不存厚望。當然，對方也是敷衍一番。

我知道現在的年輕醫生，一定會出律師信去投訴這種職場不平等待遇。

事情峰迴路轉，聯網行政總監換了另一個人上場。當時新的行政總監對我說：「你手上的證據足夠證明你受到上司的欺凌，我認為你應該向總部把投訴升級！」

聽了他這樣說，我不禁流下眼淚：「不用了，知道你已經明白這件事的來龍去脈，我也很感恩了！因為你的體諒，我更不想麻煩你去處理投訴。這幾個月來，我想好了，我會辭職轉到私人市場工作。」

「May 你記住，我的門永遠為你而開！」總監補充說。

我的眼淚又來了。

我選擇換跑道，因為投訴別人也是需要成本的，尤其是時間心力，我情願把精力留給我的工作。我不希望整天被瞋心弄到心緒不寧。

我在診所遇到一些不停訴訟的人，我問他們為什麼，他們說：「我不單止要合理賠償，我還要討回公道。」

說白了，就是「條氣唔順」。

我看到的真相是：往往是你爭取得到的，未必抵得上你在當中付出的金錢、時間和精神。不停訴訟換來充滿不忿、戾氣和怨恨的情緒。

．．．

姜濤，若你的淚水有說話，它想說什麼？

二〇二三年叱咤後，批評你的聲音來自四方八面，有建設性的指點，也有嘲諷落井下石的挖苦、惡意中傷等：

「睇你咁紅咁順，今次你仲唔死？」「趁你病攞你命！」「你有危我有機！」

「佢冧咗，我有機會上位啦！」

「肥仔一名，佢點會紅得耐！」

「都話咗你只是虛火！」曾經有一位名嘴說。

這些落井下石的話，如在你傷口上撒鹽。

記得當時 Stanley 對傳媒說：「多謝大家關心，姜濤現正在好好休息，他有在我的 gym 做運動。」

可能如姜濤一樣，我的委屈難堪，我「知」你「知道」了，有「知心」的人，有「撐」你的人，比什麼都重要。

易經中的比卦：親附之道

就卦的構造來說，䷇ 比卦上卦為坎，坎為水，下卦為坤，坤為地。水在地上，水浸入地，象徵水地結合與相親的關係。

水得地就能蓄而流，地得水就能柔而潤，故此水與地親密無間。

卦辭：吉，原筮，元永貞，無咎。不寧方來，後夫凶。

人與人的親附，首先要具有像初次占筮時所恃的態度：善良（元）、恆久（永）、守正（貞），如是這樣就不會發生災禍。誠意是整個卦象必要的。

上卦坎水可象徵危險，也可代表應變。下卦坤地象徵親附歸順。整個組織（五個陰爻）在九五領導之下，面對險境具有應變能力，組織成員皆心悅誠服地追隨，萬眾一心團結一致以祈渡過險境。

在我來看，姜濤是九五，姜糖是其他陰爻，大家誠心親附，萬眾一心，希望姜濤能浴火重生。

比卦代表兄友比肩而站，一片融洽互持，試想水溶入土中、揉合在一起，是個很親密的卦象，事業有親密伙伴相助，共同扶持打拼，事情發展當然理想。

兄弟愛

根據上世紀著名哲學家和心理學家佛洛姆（Erich Form），兄弟愛是一切愛的基礎。他的經典著作《愛的藝術》（Art of Loving）談到因為愛的對象不同，而分為：親子之愛、兄弟之愛、男女愛、自愛，以及對神的愛。

佛洛姆認為兄弟之愛（brotherly love）是最基本形式的愛，是所有愛的基礎。兄弟之愛是平等的愛。不過雖説是平等的，卻常常並不對等。就是説，當一個人需要幫助時，他與其他人之間是不對等的。不過每個人都有需要幫助的時刻：今天我需要幫助，明天你需要幫助，所以這又算是扯平。一個人需要幫助，並不意味著他比其他人更加無力。因為在通常情況下，他既需要幫助，又能自助和幫助別人。助人和受助者，只是在不同的條件下，人的需要和表現不同而已。

佛洛姆認為很多人談論愛，卻忽略了自身「愛的能力」。愛不是虛無飄渺的，而是建立在愛的能力上，換言之，能謙恭、勇敢、真誠地愛他人，由此而努力發展人格，才能愛己愛人。

佛洛姆告訴讀者，「愛的能力」如世上所有的技藝、學問一樣，也是可以學習的。

生活中有一些無依無靠的人、窮人，他們可能沒有回報你的能力。兄弟之愛的關鍵是對這些人的愛。還有一些素未謀面的陌生人，你幫助了他，而你幾乎不可能得到他之後的回報。只有對這些人的愛，才真正體現出一個人的兄弟之愛和情懷。

所以，在《舊約全書》中，愛的中心對象是窮人、寡婦、孤兒和陌生人。愛自己的子女不足為道，因為這是出於「自私的基因」；僕人愛主人，因為他的生活有求於主人；孩子愛父母，因為他需要父母的撫育。只有對那些窮人或陌生人的愛，才真正體現出兄弟之愛的實質。這種沒有「機心」的愛，就是兄弟愛的開始。

我想這也是中鋒跟姜濤的友情。也正如 Stanley 曾說：「我愛你，不是因為你是姜濤。」

不管外在的特徵如何不同：如姜濤擅長唱歌和跳舞，但 Stanley 為人成熟穩重，演技好，外形又 man。姜濤也坦白承認 Stanley 教曉了他很多事情。人與人之間儘管有很多不同，卻擁有共同的人性核心。兄弟愛就是建立在這人性核心上。

「沒有愛，人類連一天也不能存在。」（愛的重要性）

「愛是一種行動，是人的力量的發揮。愛也是人身上的主動力量。」（愛的能力由自身出發）

「如果我真正愛一個人，我就會愛所有人，就會愛世界，就會愛生命。」

（愛的極致表現）

「一個人為他的朋友捨棄自己的生命，人的愛沒有比這更大的了。」約翰福音十五章十三節

「復卦」：失而復行

姜濤哭了：好對唔住！

自二〇二三年頭的《叱咤樂壇頒獎禮》後，事隔整整四個月，姜濤在四月二日再踏上舞台為「西九音樂節」演出。相信當時的姜濤已經減了點磅，腳傷初癒的他落力跳唱足三十分鐘，合共六首歌曲。

「我跟自己說，自叱咤後，我嘗試把一切歸零，從原點出發，本來我就是一無所有，我集中精神在表演上，用我的作品說話。」他說。

與粉絲大合唱《蒙着嘴說愛你》後，姜濤看到一眾姜糖的不離不棄，深受感動而眼濕濕：「太耐冇見 fans，成個表演冇太 focus 台下面嘅人，唱《蒙着嘴說愛你》relax 啲見大家，佢哋都喺度，所以好開心。」

姜濤在演出尾聲時鞠躬近一分鐘，他解釋：「最對唔住係我啲粉絲，佢哋都受到好大壓力，所以嗰個鞠躬係畀佢哋，亦都係畀呢段期間批評我嘅人，我覺得大家批評得好。」

當問到想跟姜糖說的話，他表示：「辛苦大家，希望以後會令大家驕傲多啲，有啲 fans 可能會唔開心，但唔開心嘅時候睇多我哋一眼。」

在西九音樂節中，他唱了「自嘲式」新歌《Dummy》，他表示花了3、4個月時間籌備，還邀請了之前學校的中文老師，來監督自己改善咬字。至於歌中的笑聲，他說：「笑到盡頭，自己都莫名難過眼濕濕。」

事後在和古巨基的 music panda 節目中，姜濤坦言《叱咤頒獎禮》給了他最開心及最不開心的時刻。

「我諗係我入行以來沮喪嘅時間。我唔可以用傷心難過形容，因為傷心難過係我朋友離開嘅時候，但沮喪應該係嗰個時刻。我平時去維園打波、跑步，嗰段時間連跑步、打波都唔夠膽去，好驚啲人望住自己，會低住頭。」他說。

易經的復卦

姜濤的處境，就是易經的復卦。

在易經的卦序，剝卦䷖是唯一上九陽爻被剝削後就變成了坤卦䷁陰陽循環，陽又復生於地，為震卦䷲，陽氣上升之勢，就是復卦䷗，復卦也像「大震」卦䷲，換言之，即是陽氣有大行動。復卦為陽氣回復萌生的第一卦。

復卦的結構䷗：震卦在下，坤卦在上。震為雷、為動；坤為地、為順，動在順中，內陽外陰，循序運動。

地內有雷，意味著雷聲一震，大地鬆動，萬物萌生。

復，有復興和回歸之意，是事物新生的轉折點。

復卦代表的節氣是冬至，「冬天來了，春天還會遠嗎？」，復卦是「一陽復始」的局面，大地重現生機。

復卦六陰的「絕處」變五陰，象徵「生」的一陽出現，有「絕處逢生」之象。一陽在全卦之底，有「迷途知返」和「反璞歸真」之象。

羞惡之心：人皆有之

姜濤的心境我很明白，那一年我衝動地揮拳打了奶奶的主診醫生一下時，即感到很羞愧。一個醫生竟然這麼衝動失禮，完全顛覆了外界的人對醫生的期望。當時令我憤怒的原因，是我看到那班醫生的「嘴臉」：一點惻隱之心也欠奉。其實他們當時能夠對我多一點同理心、多一點體諒，甚至可以說一聲對不起，我會好過很多。

對！他們不會說一聲對不起，因為怕認錯會惹來之後的索償。

也不想在外面聽到自己的名字。可能這也是一個原因，在二〇〇六年，我決定由東區尤德醫院轉到基督教聯合醫院去。「我希望可以重新開始。」我對當時的上司說。

我在東區尤德醫院遇上的上司，是我在公營機構任職以來，人品德行是最好的。

千禧年頭，我無緣無故捲入了一宗差點要上死因庭作供的事故，當時最明白最保護我的，就是我在東區尤德醫院的上司鄧麗華醫生。「Keep up your good work！」鄧醫生說。

「行政總監要給你警告信，我對她說，不如你警告我，我有責任的，因我是她的上司！」鄧醫生說。

這樣的上司，在現今的公營機構，已如絕種的恐龍。最終負責案件的法官，也認為整件事跟我無直接關聯，所以我並沒有被傳召上庭。

鄧醫生真是一位難能可貴的上司，她俠骨仁心，她有「惻隱之心」，更有「是非之心」。我衷心多謝她對我的信任和支持，也多謝她在我十多年來工作上的悉心教導。

其實當時那件「醫療事故」，我真是完全無法想像，管理層竟然用這方式把我捲入去。從管理層的角度，他們不理會醫生「個人」的公平公義，而是如何佈局才可以令院方承受最小傷害。這也是「主觀」、「客觀」；「微觀」、「宏觀」的相對位置。

在無妄之災中，我認識了當時在東區醫院內科的盧國榮醫生（他現在任職於養和醫院）。

「你的同事真的很過分！」我之前每逢在圖書館遇到他時，都向著他投訴內科部門醫生的種種不是。

「這很難說的！」他回答。

我當時很討厭他，主觀和執著的我，認為盧醫生又是擺出那一副令人討厭的官腔。

不打不相識，當時盧醫生在那宗醫療事故上，也很替我不值，還因此而跟部門主管爭論起來。

原來盧國榮醫生是很有正義感的。

我真是井底之蛙，在這之前我一直認為只要努力，就可以迎難而上。經一事長一智，我開始明白這個世界的不可測性，和個人與機構的關係。我在整件事上，獲得了很多寶貴教訓。這個教訓，對我以後的處事態度，大有裨益。

不過真正的考驗，是在私人執業時。

二〇一一年，我剛剛由公營機構出來執業，期間也發生了一件醫療事故，當時我絕對承認並肯去面對自己的缺失。我事後聯絡了事主的女兒，還家訪了事主。

我是錯了，我心中感到很抱歉。當時我被事主的女兒咬著不放，她的態度差不多要我去「跪玻璃」。「你肯不肯認錯？你知不知道你做了什麼？」她哭泣地說。其實當時我內心何嘗不是感到又羞愧又難過又害怕。既然事情已經發生了，我嘗試儘最大的努力補救。代表我的律師團隊，吩咐我儘量保持緘默。律師會替我想辦法處理。

病人女兒最後給我一封律師信，要求我方作出金錢賠償。

代表我的律師團隊找來了一位腦神經內科醫生，做了一份詳盡的專家的報告。根據他的分析結果，我的失誤確實構成當事人的損害。

最後我方賠償了合理金錢給病人。

經過這件事後，我開始有點諒解當時診治我奶奶的醫生，他很難去認錯，不過可以表現多一點同理心。

當然，我也提醒自己儘可能小心一點，不要再犯同樣的錯誤。但人是不可能「零誤差」的，AI就可以（編按：事實上AI經常犯錯，甚至是低級錯誤）。

孟子提及人有四心：具體來講為「惻隱之心」、「羞惡之心」、「辭讓之心」、「是非之心」。分別為「仁」、「義」、「禮」、「智」的源頭。

相信姜濤和我，都有「羞惡之心」、「是非之心」。

勇者無懼

「我過了一個月後才敢翻看其演出片段。我同自己講唔得，一定要睇，一定要迫自己客觀地審視，唔可以逃避，一定要搵到入面唔好嘅地方。」姜濤說。

迴避是令很多恐懼症持續的原因，因為「Fear of the fear」，「害怕」自己的「害怕」。越逃避，你害怕的想像就不停發酵，一口把你吞噬。但當你去面對這些「恐懼」時，其實它們是「紙老虎」，你面對它們，就可以捅穿那假臉具，令它們消失得無影無蹤。

「嗰3分鐘係好漫長，但睇完之後就好似過咗某一關，過咗某一關之後就開始諗點算，唯有刪除晒所有社交媒體，專注番自己要做嘅嘢。我預咗將會失去好多嘢，或者今年一個騷都冇。我覺得冇所謂，我做咗啲咁樣嘅事，唔介意由零開始。我嘅人生本身就係由零、甚至負數開始。」

基仔聞言大讚姜濤：「我最深刻嘅係你會賽後檢討，呢件事係好嘅！同埋你會覺得一定要過心理關口，一定要睇番先過到，一直避開嗰件事過唔到個心理關口，所以我覺得你好叻！」

姜濤透露休息期間經常跑山減肥，及通過觀看心靈雞湯等影片或閱讀相關書籍來進行自我療愈，其中一句令他終生受用：「就係面對抨擊時，就好似好多石頭掟向自己，但嗰啲石頭其實係黃金，取決於自己心態，會唔會將嗰啲石頭執起再面對。」

「但我自問冇後悔過呢個表演，做歌手係表達當下情緒，但的確用咗唔成熟、脱離表演本質嘅方式去做。」「客觀來説，這個表演有待改善的地方很多，但主觀來説，當時的表演確是表達了自己的情感。」姜濤説。

記得姜濤曾經説過，醫生替他做右膝蓋的手術時間，比想像中長：「醫生發現很多碎骨，還對我説可能以後不能跳舞！

「當時內心真的很害怕。

「想不到漫長的康復之旅，那該死的左腳阿基里斯跟腱也有問題，醫生說要幾個月康復。可是我真的等不了那麼久，我心想：明年的唱跳一定要完成！

「發自內心的對大家感到抱歉，我一定盡快恢復。

「沒有人比我還要著急焦慮。」姜濤說。

這些說話，都令不少姜糖涔然淚下。

怪不得他演繹「鏡中鏡」時，咆哮著：「I am back!」

怪不得袁劍偉導演說：「我看到姜濤霸氣、好勝和反叛的一面。」

正如姜濤「鏡中鏡」那首歌說：人最大的敵人，就是自己。姜濤有著強大的內心，他要把自己的心魔克服。

沒有憂愁，沒有疑惑，沒有恐懼，或許這是人生的三種追求。孔子在兩千多年前就提出了怎樣才能做到無憂、無惑和無懼的境界，就是仁、智和勇：仁者才可不憂，智者不惑，勇者自然無懼。

蘇軾說：「古之有大勇者，猝然臨之而不驚，無故加之而不怒。」

因為勇敢的人知道自己心中想要什麼，縱然受到外界無遠弗屆的干擾、種種的嘲諷、生活人事帶來的磨難，都只是成長的墊腳石。心胸昭然坦蕩，縱使有恐懼，也懷有一份面對挫折艱難的膽魄。

孫中山說：「吾志所向，一往無前，越挫越勇，再接再厲」。

不斷的妥協和退讓，只會令困難如雪球越滾越大。只要懷著目標志向，勇敢的迎上去、面對它、擊敗它，你才能衝破牢籠，走得更遠，飛得更高。

．．．

很多進步都是逼出來的。

我職場上遇到挫折，事後看來都是化了妝的祝福。我是「臨老上戰場」，以四十八之齡去創業。想起來，很多性格的韌力、底氣的凝聚，都是這些年，離開舒適圈中磨練出來的。

在漫長的人生裡，我們總會遇到很多危機與挫折，當處身其中時，我們會本能地抱怨：命運對自己太過殘忍。

但換個角度想，如果不曾經歷過危機挫折，人生怎會變得睿智、變得成熟、凝聚底氣？說到底，那些傷害我們的人和事，就是我們的「逆緣菩薩」。

自古危機和機遇都是並存的，在你感到撐不下去的時候，恰恰是你進步最大的時候，因為你正在挑戰自己的極限，扛過去了，你就更了解自己，外界已是另一番風景了。

日本作家村上春樹曾說：「不必太糾結於當下，也不必太憂慮未來，當你經歷過一些事的時候，眼前的風景已經不一樣了。」

現在六十歲了，耳順之年，在臉書上看到同班同學很多都退休或是半退休。對，是時候自己要去重新規劃一下自己的人生。

姜濤懷著勇者無懼的心，我相信沒有困難可以擋住他那顆心：明白心中所要，眼中只有目標，其餘的一切都是點綴、都是提醒指點。能夠如此，自然無懼。

人生只可以活一次：勇敢實現自我，當可成就人生。

復為一陽五陰卦，「陰」的力量能夠及時抑制「陽」的生長，陽長陰消的發展將被拖延。所以復卦也要留意「陰」方面的發展。卦辭的態度偏向樂觀，其實更應保持謹慎。

上卦坤地代表《老子》所主張的「虛靜」，下卦震雷代表回復「正的行動」。

在困難時，當發現錯誤，就要立即復歸正道，謹慎行事才能吉祥。若是執迷不悟，就會產生災禍。去而復回和失而復行的道理，就是復卦的啟示。

姜濤與姜糖的齊家之道

對姜糖的同情心

在二〇二三年八月，姜濤在他的個人演唱會上，有一段是他自己扮演姜糖的短片。

在片中，見到姜濤已扮了近20分鐘，之後他坐在地上哽咽：「我望大家望得唔夠多，我要stay耐啲，諗起佢哋去逼，真係好心翳，我只知自己要做好啲的歌，表演好比大家睇就足夠。

「但我做得好唔足夠……尤其是呢兩年，某程度……我仲好驚每個支持我嘅fans……我無咩自信面對大家，好對唔住！

「唔應該懷疑你哋係咪度，我要同大家緊密多啲，入行5年以來，從來未試過咁想見到你哋，由呢一刻開始要變成我生命中真正嘅屋企人，辛苦你哋！」姜在片中說。

這時候，他唱出一首新歌《好得太過份》送給 fans，並表示以後大家有甚麼錯都要互相提醒。

在場有不少姜糖都哭了。

家人卦

有一天，我在日本京都的嵐山旅行，回程已經天黑，看見附近有些店如家中生火燒飯，炊煙裊裊，令我想起「風火家人」。

家人卦的卦象䷤：上卦風，下卦火，火的熱氣使火煙擺動，好像風自火出。風火令人聯想到古時房屋的煙囪冒煙，好像一個家庭生火起炊，大家溫暖的聚在一起。風火相聯就代表有了家庭。

上卦的風也為巽，巽為木，下卦為離，離為火。木遇到火就會燃燒，火上有木，當燃燒時就有煙，火在屋內，煙囪在屋外，象徵了家庭。

家人卦的卦辭：家人，利女貞。

家人卦象徵一家之主，男主外女主內。婦女能按正道行事，家庭在才能融洽。在這裏不妨把婦女當成「柔和」的意思，「柔和」顯然是一個家庭解決矛盾衝突應具備的基本條件。

下卦火象徵明亮，而明亮代表「明理」，在家庭內各成員都能明理的話，自然有利家和的目標了。

姜濤與姜家人，要理好這個家，要家和萬事興，首先就要有內部家庭的和諧，正人先正己：每個人必要先理好自身，必先理好自己的言行。「言有物，而行有恆」，即是說話要有根據和內容，行動要有準則和規矩，也不要朝三暮四和半途而廢。

我們不要「完美」的偶像

最近，和伍煥良醫生一起吃飯聊天。

伍醫生是我的偶像之一，他行醫經驗豐富，心思細密得像福爾摩斯。

伍醫生曾經是我已過世媽媽的救命恩人，二〇一二年，我媽媽入醫院，他看到化驗報告，第一時間安排她做胃鏡檢查。

「你媽媽應該是患上胃癌。」伍醫生之後對我說。

還有一次，我遇見一個病人，入院原因是患上抑鬱症。他是只有六十歲的男子，但雙腳不良於行。為什麼他這個年紀走不動？他沒有受過傷，又沒有腦出血。我大惑不解，於是請教了伍醫生。我站在旁邊，看他為病人做簡單的腦神經檢查。他從容不迫地替他看診，過程十分流暢優雅。我心想：這豈不就是「行醫的藝術」！

診斷結果，男子是患上克雅氏症（CJD），一種罕見的腦部疾病，可導致痴呆症。克雅氏症屬於一組人畜共患的疾病，其症狀可能類似於阿爾茨海默病。但克雅氏症病情加重的速度，比阿爾茨海默病要快很多，而且會導致死亡。

最近我約伍醫生吃午餐。「我退休了，下個月會到醫院續約，幫手看專科門診。」伍說。

「以你醫術之高明，你不到私家執業，是病人一大損失！」

「在私家執業這些年，我可以專心醫治每一個病人，而不需要理會種種辦公室政治，令我更加專注於自己的所長！」我說。

「就算叫我到一個普通門診，我也會自得其樂！」伍說。

接着他拿出他差不多二百多個病人的案例，給我展示其中診斷上奧妙之處。我感到嘩然：「伍醫生，你不如收我做徒弟！我希望轉到你的專科！」

誰知他唉了一聲：「我想教年輕醫生，但有心學的寥寥無幾！」

「不會吧！」我驚訝萬分。

「現今的醫生基本上沒有什麼抱負，他們不想深究病人徵狀背後的原因，」伍醫生一面無奈的說。

「基本上，行醫的目的，只是為得到一份優差而已！」

所以我是姜糖，因為姜濤並不是「完美偶像」，他吸引我，因為他是一個有血肉有抱負有夢想的藝人。

稻盛和夫說：「人的可能性可以拓展到什麼程度？凡是人腦裏出現想要這樣做的願望時，這渴望有多大，實現的機會就有多大！換句話說，在可能範圍之內，我們人具備把自己的想法變為現實的潛在能力。」

「志向高遠固然重要，但要實現它卻需要一步一腳印、踏實認真的努力。所以眼睛可以眺望高空，但雙腳卻必須踏在實地上。夢想願望在現實生活中，就是每天必須做好單純甚至枯燥的工作，在昨天的基礎上前進一毫米，揮灑汗水把橫亙在面前的問題一個一個地解決。

夢想與現實之間具體的落差，令人煩躁不安，而人生就是今天的不斷累積、不斷延續，如此而已。今天認真工作，就能看清明天，明天再認真工作，就能看清後面的一周，一周認真工作，就能看清之後的一個月。即使你不去探索遙遠的將來，只要全神貫注於眼前每一個瞬間，以前看不清楚的未來的景象就會自然地呈現在你的眼前。」

年輕人，持續努力，把平凡變為不平凡！

惻隱之心：人皆有之

最近有一個男病人的情況，我也要去請教伍醫生。

話說病人因為持續肚痛，而到了一間私家醫院求診。誰知醫生叫他入院，還給他靜脈注射了五種抗生素和抗真菌藥。

「你是患上什麼細菌還是病毒感染？」我問。

「化驗結果出來，什麼病原體也查不出來。」男子沮喪的答。

「醫生禁止我出院，我在病床上躺了兩個星期，每天恐懼不已。」這時候，男子失控地大聲啕哭，之後還跌倒在地上。

「醫生我實在是很害怕，明天我要回到私家醫院覆診，但是我很害怕，我去不了！」他惶恐的說。

「我替你想辦法吧！」我答。

最後我聯絡了伍醫生，也把男子的化驗報告傳給他看。

「請那位先生明天來看我吧！」伍醫生一口應承。

經過伍醫生的診治，男子得到合理的診斷和處理。

「你可以不用這些抗生素！」伍醫生說。

「他應該是患上創傷後壓力後遺症！」伍醫生之後對我說。

「他在醫院的兩個星期，感到恐懼、無助和無奈！他不知所措，被毫無駕馭感的環境捆綁住，這是一種心理創傷。」看來伍醫生也是一位好的精神科醫生。

之後男子很感激伍醫生和我，因為在自己最無助最脆弱的時候，他遇到一位有醫德有醫術的好醫生，令他感到安心和有信心。

在此我要再次衷心感激伍醫生。

善良、豐富、高貴

「如果我是一個從前的哲人，來到今天的世界，我會最懷念什麼？一定是這六個字：善良，豐富，高貴。」周國平說。

在內地，周國平看到醫院拒收付不起昂貴醫療費的窮人，聽憑危急病人死去，他也看到商人出售假藥和偽劣食品，引致急性和慢性的死亡。

我也看到不少同行為了私利，而對病人進行過度檢查和治療，我為人心的無情冷漠感而痛心，尤其在這亂世，令我很懷念善良。

善良，生命對生命的同情，多麼普通的品質，如常識 common sense 一樣，是那麼不 common，成為稀有之物。

人獸之分始於同情心（其實不少動物都能同情主人，可能比人更甚），善良是人類道德的基礎。

沒有同情，人就不是人，社會就不是人能生存的地方。人是怎麼淪為禽獸不如的？就是始自同情心泯滅，麻木不仁，可以幹盡一切壞事，成為希特拉，成為恐怖主義者。

善良是區分好人與壞人的最初界限，也是最終的界限。

仁者，不論做事還是對人，都存仁心，明白自己與周遭是一體的：姜糖需要姜濤，正如姜濤需要姜糖一樣。

姜濤和一眾「家人」，也要「修身、齊家、治國、平天下」，家庭是一切社會組織基礎，鞏固了家庭，就能在社會上從事有意義的活動。

齊家還有這些好處：

「培養群體意識」——每當我遇到「姜家人」時，都感到有一種特別的親切感。

「促進互助精神」——每個人都是身體不同的器官和肢體，大家互相幫助，互相協調進而更加發揮作用。

「建立和諧關係」——在這個充滿不安和敵意的世界，信任、和諧、善良，就是我們的「家人」精神內涵，讓我們把這精神如漣漪效應一樣，擴散開去。

「承擔艱難時期的責任」——筆者遇過一位「姜家人」，因為家中有成員急病，在一間私家醫院接受治療，但他的病程急轉直下，後來我聯絡了醫學院的同學，幸好同學現在還未退休，在深切治療部工作，用心照顧了這個病人。不幸的是，這位「姜家人」的親人在很短時間內去世了。

我在過程中雖然幫不上什麼忙，但能聆聽和理解，希望令這位「姜家人」好過一點。

二〇二四年四月二十三日，七千姜糖冒著黃雨到海洋公園舉行姜濤的生日活動。會場到處播放姜濤的音樂，所有攤位的佈置都跟姜濤有關，別具特色。而遊戲的獎品也是設計不同、大小不一的「小姜姜」和「小濤濤」。那天大家風雨不改、眾志成城、上下一心地支持姜濤。

姜濤的後援會的熱盛、創意、執行能力，令我大感驚訝！

大家的信念和齊心感動了天，在海洋表演館內，三千人一起參加姜濤切蛋糕慶生時，天氣好得沒話說，好的天氣一直維持到放煙花環節後。

「自天佑之，吉無不利」——易繫辭。

家人卦中有兩個「互卦火」，一為下卦火，以為緊連的「互卦火」，象徵了家人成員彼此必須「心連心」，齊心合力，為家庭的整體利益而奮鬥。

讓我們一起成長：言之有物，行而有恆。

二〇二三年叱咤樂壇頒獎禮的挫折

「坎」卦：面對「厲」、「咎」

樂壇頒獎禮：成也叱咤、敗也叱咤。

姜濤在《叱咤樂壇流行榜頒獎典禮 2022》，憑《鏡中鏡》獲得「專業推介·叱咤十大」第 4 位。因腳受傷而差不多兩個月未有現身，錯過了當湯令山演唱會的嘉賓。這次出現觀眾前的姜濤，腳傷初癒，卻不顧一切在台上又跪又跳，之後更行落台走入觀眾席，高呼著「let's go」、「I'm back!」。

可是今次表演卻評價兩極，姜濤表演片段上載至 YouTube，DISLIKE 的人數遠超 LIKE 的人數，姜濤成為 haters 落井下石的對象。

當晚姜濤表現不太穩定，在 MIRROR 合唱《We All Are》時，他更出現甩嘴情況。令姜糖很擔心他的身體和心理狀況。

其實我是了解姜濤的。

二〇二二年的三月底，我右膝蓋因為半月板受傷，要接受修補手術。我能忍受痛楚，手術過程一點也不辛苦，最大問題是要適應手術後六個星期的康復，我右腳不能碰地用力，需要用拐杖一跳一跳地行路。

我發現自己在家根本坐不住，平均十分鐘看一下手機，一會兒坐坐這邊、一會兒轉到那邊，因為每次動身都要用拐杖，我才意識到自己「周身郁」。平時的我，基本上因為工作關係，沒有機會留意自己沒事幹時是什麼樣子。

原來我是這樣子的。究竟這是一個怎麼樣的狀態？我不能說自己不開心，因手術後我難得可以休息一下，家中還有有如親人的「姐姐」照顧，但心中好像有點戚戚然。

明白了，這就是「萎謝」（languishing）的狀態：它既不是抑鬱焦慮，也不是怠倦（burnout），它描述一種缺乏動機懶洋洋的狀態。當身體不能行動自如，手頭上又沒有什麼要事，在這狀態下，我就會不經意地把光陰輾碎在無聊散漫中（confetti），仿佛人生意義和精力都散失掉。

好了，明白了意識，接下來該怎麼辦？我沉澱一下心情，原來平日忙碌的我，有機會知道生活上的 languishing 和 confetti 究竟是怎樣一回事。

知道後，有什麼解決方法嗎？就是儘量讓自己進入心流（flow）的狀態。心流的先設條件，就是有一種駕馭感和靜定。有一陣子，我很喜歡作乾花書籤，看到自己的選材和構圖越來越有進步，感到非常愜意。這樣一個周日，我就心滿意足地埋首在勞作中，悠然自得。

不過真正令我經常進入心流狀態，卻是我寫《一個姜糖心理醫生的告白》那書的時候，有一剎那，我感到自己不是在寫姜濤，我是在寫我自己。

我根本不認識姜濤，我寫的全是自己對他的投射。

寫那本書，幫助我超越二〇二二年新年期間的新冠疫情。有一段時間，天氣很冷，在淒風苦雨下，公立醫院外面遍佈病人，病人的屍體在病床間堆積著。

當時我看到報道，說有接近七成人在疫症下有情緒困擾，比其他亞洲地方更還高，不過這也是意料之中的事。

我感到抗逆的方法之一，就是把自己的注意力集中在可以駕馭、能產生「心流」的事情上，寫作也是我產生「心流」的活動項目之一。

對年輕人來說，減少刷屏時間確實有助提升專注，有了專注力才可以有創意和心流，才可以經歷既有挑戰性但又有滿足感的狀態。

不過對很多人來說，經常上網追看新聞報道，可以是一種 confetti，習慣性的 confetti 令人產生習得的無助（learned helplessness）、無聊、無奈感，這就形成了生活的萎頓，這種生活形態怎可能對情緒沒有負面影響？

說回姜濤：

「姜濤剛動完手術，他原本就是一個跳跳紮的年輕人，他康復過程一定比我更加痛苦。

「不能做運動自然會長胖，況且他是那麼愛吃。

「他自己一定更加心急如焚！不過急也急不來，他當時那種無奈和無助，一定很難過。」我對一班姜糖說。

易經四大難卦：屯、困、蹇、坎

在這些難卦的背後，它同時也替我們解開困難的方法。

「坎卦」：上下卦皆代表水，水象徵困難凶險，重水因此象徵重重險陷。坎的意思是「陷」，一陽陷於二陰之中。坎水卦的上下兩爻皆陷於二陰之中，構成了一個「重險」之卦。上下皆水也。象徵了水不斷流來的重水卦象。

兩重的危險，可見得「習坎」卦是多麼危險困難的卦。不過卦的含義遠超於此。

坎水卦也可象徵一個人的內心心態，在人生的旅程上，總是遇到重重的困難，但只要自己能保持堅毅的信心，像水一樣不斷的奔向前方，就算而遇到危險阻力（例如岩石、山崗），也去面對並加以克服，身處險境應具有陽爻一樣的剛強特質，不屈不撓，終於能排難出險。

因此在解釋坎水卦時，必須從正面的觀點來看，才能了解坎卦的真正卦意何在。

坎水卦的二陽爻九五和九二象徵「剛中」，人處險境或困境之時，應保持剛毅不屈與克服困難的堅強意志，不東偏西倒，不隨波逐流。用中道原理，去解決困難。這才是坎卦的真正意義。

卦辭：習坎、有孚、維心亨，行有尚。

處於重重艱險的情況時，應保持真誠與剛毅心態，行動才有利於出險。世上有看得見的陷阱（陽陷），也有看不見的陷阱（陰陷），留神也好、不留神也好，都有掉入陷阱的可能。一旦掉入陷阱或險境，要保持臨危不亂、處變不驚的定力，以水的應變、耐力、堅定等特質去克服困難。

正如之前所說，坎卦象徵「重險」，外險與內險。外險是外在的客觀環境的風險，而內險代表內在主觀心態上的凶險。外在客觀環境凶險可導致內在主觀心態上的凶險。因此，若是外在與內在的兩種凶險結合，就「放大」了凶險。如果外在和內心都缺乏剛毅，就將全面陷入凶險之中。

在易經中，凶險可分「天險」、「地險」和「人險」」。「天險」乃是忽視自然規律的險，例如陰陽循環、物極必反的險，「地險」乃是自然環境變動的險，例如風災、水災、火災、旱災，經營環境變動所造成的災害。「人險」就是由於人的行為所帶來的凶險，例如不誠、過剛、冒進、不果斷、無危機意識等。

姜濤面對的，又是什麼險？

我相信是外在環境的種種壓力，他人在江湖，身不由己，完全不能停下腳步。腳傷一事令他為前途擔憂不盡。這些都是「外險」，在叱咤樂壇頒獎禮上，他承認自己的憤怒、冒進，這就是「內險」。

姜濤的「厲」「咎」

上文主要說到易經的「悔」和「無咎」。這篇文章則說及「厲」和「咎」。

「厲」這斷詞，是指危險，但吉凶未定，若是按卦爻辭的指示去做，會化險為夷，反之則由「厲」致「凶」，在吉凶程度上，厲是相當接近「凶」的。

至於「咎」這斷詞，是指出了過失、過錯，要承擔責任，比「凶」的後果要好一些，但災害免不了，在吉凶程度上，只是一步之遙，就到「凶」。

我相信姜濤出道以來，最「厲」和「咎」的處境，就是在他腳傷後在二〇二三年初的叱咤樂壇頒獎禮上的表演。

在這件事上，我們可以從姜濤之後一連串的言行，詮釋一個人如何面對

「外」、「內」的凶險危機。

二〇二三年一月一日的叱咤樂壇頒獎禮上，因為我嫂嫂是超級姜糖，她一定會捧場，據聞，她還與「奶奶」寒暄了幾句。「他身形看起來胖了不少！看起來很不開心。」他一向都會望望姜糖的，但那晚上，姜濤卻垂下頭來。

「無論如何，姜糖還是很愛他！」姜糖嫂嫂說。

以「坎卦」智慧來面對「厲」與「咎」

之前談過姜濤懂得反省和自嘲，不僅如此，姜濤在二〇二三年四月的西九音樂節，就再次挑戰自己，唱「鏡中鏡」這首歌。他那次汗流浹背的表演，贏盡台下姜糖的掌聲。

「他表演得很好，我們真的為他感到驕傲！」不少姜糖對我說。

「我知道，他真的做做很好，第二天的早上，我馬上在 YouTube 看到。」我笑說。

姜濤之後一再唱「鏡中鏡」一曲，包括在全民造星V的表演，包括個人音樂會。

想不到，他在二〇二四年初的十五場 Mirror 演唱會，姜濤獨自在彩蛋環節中，又再唱「鏡中鏡」。

「我今天在亞洲博覽會的舞台上，回想去年自己的表演，我還是餘悸猶存，我個人最喜歡的歌曲，就是〈鏡中鏡〉，這首歌經過兩年時間，我方才更深明白歌詞意思。

「這一次，我想為了自己，為之前的過失，在同一舞台上，在沒有 dancers 陪伴下，獨唱這首歌！」姜濤說。

接著他又唱又跳，完美演繹了〈鏡中鏡〉。

姜濤對自己很有要求，不肯屈服在外界的負評輿論之下，他不肯做 underdog，他不要被你看扁，他要告訴你：「我不要勝過別人，我只會勝過自己！」

一遍又一遍的唱「鏡中鏡」，要唱到「過了」自己的心理關口，更要唱到 haters 無話可說。

姜濤拾起擲得他滿身傷痕的「石頭」，要把它們變成「黃金」。

易經源於陰陽：太極生兩儀，兩儀中白的一半代表陽，但白那半藏有黑魚眼，反之亦然。黑白魚眼，就是變化的開始。

人如何可以轉危為機？只要把握太極黑色那半的「白魚眼」，就可以由「凶」、「厲」變成「無咎」、「吉」；一個人若驕傲自大、狂妄輕浮，那在太極白色那半的「黑魚眼」，就會悄悄然把你吞噬，由「吉」變成「吝」、「厲」、「凶」。

坎卦教導我們如何面對困難

易經中的「坎卦」，也給大家面對危險困難的啟示。

人生會總會遇到一道又一道的「坎」，「坎陷」，就是來自《易經》坎卦。

《易經》的坎卦，告訴大家，人遇到困難，不要氣餒，重新審視自己的目標和方向，化解得當，逆境也是崛起的契機。

《易經》坎卦，把這種堅定信念，稱為：

「行險而不失其信，唯心亨，乃以剛中。行有尚，往有功。」

面對困難，最重要就是調整自己心態，困難挫折往往會觸發負面情緒，讓人恐懼、消沈、煩惱等種種難受心情。

客觀困難不會如魔術般消失，不過既然事情已經發生了，而客觀困難就在眼前，人真的要平靜沉澱一下自己，然後坦然去面對。

「我對公司說，不如雪藏我一年。」姜濤說。

一個當紅的藝人，主動要求公司把自己雪藏。姜濤這樣說，也代表勇氣和誠意。

坦然面對困難，首先就是要採取不逃避，不抱怨的態度，之後重新審視自己的目標和方向。自己做的事，自己努力的方向，是正確的嗎？若然在錯誤的方向上努力，只會做多錯多，越陷越深。

「維心亨」道出了坎卦的本質：既然內外皆危險，進退都是「坎」，那不如安之若命，因此坎卦之能亨通，是屬於心理及修為層次的問題，很多時候，客觀現實上，困難危險仍在。

經過深度反省後，姜濤回到了初心：「以作品說話」，他依然相信自己的目標和方向．他希望活出那個自己，那麼就要堅定自己的信念，不要因為困難而動搖放棄，更不能因為別人的嘲諷而否定自己，姜濤要為自己而戰。

對於「坎」卦，象傳說：「君子以常德行，練習教事。」

調節心態後，君子所得的啟示是「常德行」，亦即要擇善而固執，以變化氣質，成就不凡的人生。「習教事」，「習」是以求熟練之意。

解決困難，最怕沒有耐心。只要能持續用心去處理問題，反復實嘗試實踐和練習，問題一定能迎刃而解。

姜濤在「悔」之後，就是勇敢面對，在接受一系列挑戰的同時，轉化自己的心性人格，開拓屬於自己的道路。

精神監獄：甘心做一個扯線木偶

我遇見一個患有驚恐症和廣場焦慮症的病人，她名叫 Mary ，已婚，沒有小孩，今年已經50多歲。

二十年前 Mary 開始得病。她有看醫生，但醫生給她開的藥物的劑量很輕，根本不能治好她的病。我還發現，她根本沒有聽過什麼是「認知行為治療」，不過其實可能是她根本不願意聽，也不願意做。

這個病人為了減少驚恐症發作，逐漸減少到令自己感到誘發驚恐症的場合。首先她再不坐飛機遠行，之後索性不肯坐船到內地和澳門。到了最後，她乾脆把一份不錯的工作辭掉，於是她的生活全在太古城、鰂魚涌一帶，即是她住家的範圍。

「整天待在舒適圈，只會強化你的驚恐症和廣場焦慮症。」我告訴她。

「你的恐懼，只是大腦的杏仁核發出錯誤訊息，蒙騙誇大了你對危險的客觀評估和認知。

「除了吃藥外，我相信你需要做認知行為治療。」我對她說。

「什麼是認知行為治療？」Mary 問。

「即是找出你對一件事的錯誤認知，而用行為去證實真相。」我答。

「要怎樣做？」Mary 問。

「首先列出一些你最害怕的情景，如搭飛機、獨自一人到外地、在空曠地方、坐長途車、坐郵輪等，然後學習放鬆技巧，在你相對比較沒有那麼害怕的處境開始，慢慢面對和克服。第一次去面對的時候，可能你心裏很害怕，不過到了第二次，恐懼就少了一點，到了第十次，你已經可以把它克服。這樣你再晉級另一個令你恐懼的場景，以此類推。」我解釋。

怎知道 Mary 聽了之後，露出很恐懼的眼神，之後她再沒有來找我了。

「真可惜，她一生都在坐監！

「她坐的是恐懼建構成的監獄。恐懼是『紙老虎』，但她選擇讓恐懼操縱，使自己變為木偶。」我對診所一位姑娘說。

我可以由零開始

周國平曾說：「當一個人被環境同化，就成為環境的一部分。所謂環境，就是你所熟悉的地方、人、甚至事業。」

「我有想過，事業可能歸零！」姜濤曾說。

「在此狀態下，生命之流失去落差，漸趨平緩，終成死水一潭。」周國平說。

我看，這就是活在舒適圈中，但究竟是舒適圈，還是一座監獄？

「有時候，專長＝習慣＝惰性。習慣的力量是巨大的。一個人對任何做慣了的事情都可能入迷，哪怕這事情本身既乏味又沒有意義。因此，應該經常有意識地跳出來，審視一下自己所做的事情，想一想它們是否有某種意義。」周國平又說。

姜濤不斷希望自己有新嘗試，因一些習慣，也如木偶的扯線一樣，令你日復日地過著「無意識甚至無意義」的生活。

「能否從零開始，重新開創一種生活，這是測量一個人心靈是否年輕的可靠尺度。」周國平說。

姜濤由自己的挫折，重新出發，他衝破自己內心的恐懼，跟外界的輿論共存。他得到的，不只是外界的掌聲，而是他生命豐盛的體驗和成長。

姜濤的悔

姜濤是一個很有內省、有悔意的人：「我嘗試叫公司雪藏我一年！」

他面對海量的負評，心情當然不好受，但他都勇敢地作為一個觀察者，抽離地看自己的表演，查找不足。

最後他的十二胎出世了：「Dummy」。

歌曲中，姜濤以「甩繩」布偶自嘲：他是一個「不聽話」的人，自爆曾經把「花姐」（經理人黃慧君）激到血壓飆升。姜濤自言像掙扎於捆繩中，卻弄出糗事。

由此可見「Dummy」是回應了之前二〇二三年一月一日叱咤樂壇頒獎禮的演出：

布偶日復日「對著訊號會照做」的晃動形態，如「倒模」般日復日地跟著指令去做，直至布偶似乎有了自己的意識、大膽的想法，最後陷入了「混亂、加速、轉向」的狀態，而最終「失控」了。

姜濤自嘲自己那次過於興奮的演出——「磁場過量 如花式表演誇張」、「布偶似斷纜 製造懸疑怪事」，姜濤在歌中更戲謔自己那經常為人所詬病的唱功——「突異的音量 要鏗鏘卻放空槍」、「跳躍去放肆 念念如像有詞」，他還帶有諷刺自己一直被外界詬病：那沒有節制的體重——「力量變重量 另類當漂亮」。

布偶掙扎於捆繩中，還發生了一連串的趣事。

布偶「亂玩手指」，以此去談到自己「甩繩」趣事。姜濤繼續自嘲，布偶有時候並沒有太理會旁人的目光：蜘蛛困絲、時鐘亂跳字，甚至自己成了一種「失控新標誌」。

至於人們質疑他的音樂，他卻以「說話到此」的態度來回應：不理會、不反應、不反駁。「我關掉所有社交媒體，專注於音樂。」

從「亂玩手指」到眾人的「靈犀一指」，姜濤從他人的回饋中亦自覺可笑，其間的失笑是對「甩繩」布偶的嘲弄：原來「笑到最後原來是眼淚」。

經歷連番的自嘲後，姜濤也與過去的放肆與幼稚作道別，並重新開始。

「我用手敲打自己的頭，希望自己清醒一點！」姜濤對小豬（藝人羅志祥）說。

經過了三個月的休息沈澱，他接受並感謝各界的批評，更希望大家多給指點：「有人罵好過冇人理」。

所以，很大機會我當時給他卜的「損」卦，他也沒有看過。這也沒有關係，我以此卦去安慰自己，也給其他姜糖帶來希望。

「吉凶、悔吝、無咎、厲」

《易經》是中國的群經之首，內容艱深而難懂，其中有些字見都未見過，再加上歷經三千多年的發展，有機會有很多殘缺，令人望而生畏。

幸好我遇到岑逸飛老師，不然的話，我終身也可能不得其門而入。

幸好卦爻辭中經常重覆出現常用的占辭，讓人一看就知是吉是凶好壞，例如「吉」當然是好，「凶」當然是很不好，這樣就能在占斷時要「往好或壞的方向」去解讀。

易經中，因吉凶程度：可以分為吉、無咎、悔、吝、厲、凶六個階段。

至於狹義的吉凶，卦爻辭中直接是「吉」、「凶」，廣義的吉凶，卻包含不少介乎吉凶判斷之間的斷辭：如悔吝，災眚，无咎（無咎）等，

吉凶

吉凶是就得失而言，得者就是吉，失者謂之凶；勝者就是吉，反之則為凶。凡事能得於心、得於志則為吉，不得於心、不得於志則凶。

不過吉凶與得失一樣，只是一種相對的概念，如果無所求，根本就沒有得失、吉凶。

原來吉也有很多情況：

1. 「吉」是吉祥、吉利。
2. 「初吉」指事情的開始時吉，此外還有「中吉」、「終吉」，都是指事情不同階段的吉祥。

3. 「貞吉」指占筮得到此卦為吉。

4. 「大吉」指非常吉祥。

5. 「元吉」：元為原本就吉，而元為大善，也是得吉的條件，元吉就是大善之後能得吉。

至於凶，也有以下情況：

1. 「凶」是禍殃，凶險，是最壞的結果。

2. 「終凶」指事情的最終結果為凶。

3. 「有凶」指有災禍。

4. 「貞凶」指占筮得到此卦為凶。

許多占斷關乎吉凶，卻不以「吉凶」來表示，或可視為吉凶「光譜」表上的中間位置。

例如「無不利」為無所不利之意，屬於「吉」；災、眚、咎，都代表著不同內涵的凶。再如離卦九四「焚如，死如，棄如」雖不言凶，實為大凶。

還有，有時吉凶是有條件性的，會在卦爻辭中或明或暗表示出來：

例如「貞吉」代表需要貞定始為吉，反之甚至可能變為凶。「貞凶」則是「固執」則凶，反之亦然，甚至可轉為吉。

「征吉」為出征為吉，反之則可能沒有吉凶可言。「征」在今時今日，可比喻積極而進取的行動，配合得宜則可得。反之，「征凶」代表所問之事若積極進取則凶，換言之，應該以退守為宜。

此外，有些吉凶是看問卦者的身份：例如否卦六二「小人吉，大人否亨」，即是只有小人才得吉，君子、大人，當官的，就不亨通。

有些條件則是隱喻性的，如坤卦六五「黃裳元吉」，黃裳兩字則分別喻指中庸與柔順之德性。至於「有孚元吉」，孚為信，意指有誠信則元吉，反之亦然。

悔吝

悔和吝在《易經》中是兩個獨立的占辭，但《繫辭傳》中將兩者並稱：「悔吝者，憂虞之象也。」

至於「无咎者，善補過也。」

悔在卦爻辭中，最常見是悔亡，其次是无悔（無悔）、有悔。「悔」字甚少單獨使用。

悔有以下情況：

「悔」是後悔、憂慮，有煩惱。

1. 「有悔」是有困擾。
2. 「悔有悔」是困擾之事接踵而至。
3. 「無悔」是無困擾。
4. 「悔亡」是過去的困擾已經消失。

吝多是「吝」單獨一字使用，其他還有：吝、貞吝、往見吝等。

吝有以下情況：

1. 「吝」是艱難、羞辱之意。
2. 「小吝」是遭遇小人而艱難。
3. 「終吝」指到最後還是艱難。

4.「貞吝」是所占的事最後將遇艱難。

吝在易經中指事情有小疵，不盡人意，但未至於厲、凶的情況。有趣的是，「悔吝」絕大多數只在爻辭中出現，甚少在卦辭使用。

關於悔吝，朱熹有詳細的說明：「吉凶悔吝者易之辭也，得失憂虞者事之變也。得則吉，失則凶；憂虞雖未至凶，然已足以致悔而取羞矣。蓋吉凶相對而悔吝居其中間，悔自凶而趨吉，吝自吉而向凶也。

又曰：悔是吉之漸，吝是凶之端。又曰：過便悔，不及便吝。」

吉是得，凶是失，悔吝則是介於得失（吉凶）之間，由於不得不失，事有瑕疵不盡人意，但又不至到災眚罪咎的地步，因此人心有了憂虞（憂慮）的心理現象。這兩種患得患失的心理現象，除了用以描述人心對於得失的表現強度，更重要的是，也說明了人心改過向善、趨吉避凶的意志強度。

「吝，恨惜也。」吝是怨恨惋惜，但並無悔改、反省之意，所以朱熹說它離「吉」較近，但卻是往凶的方向發展，以「凶之端」稱之，因為「吝」缺乏改變現狀讓它發展為「吉」的意志。

至於「悔」是後悔、悔改，則是比較靠凶那邊，但會逐漸往吉的方向發展。這是因為「悔」具有改過遷善的意志，因此朱熹說它是「吉之漸」。

無咎

咎為「罪咎」，原本指上天降禍、災難，引申為罪過的追究，因過錯而得到懲罰。咎在《易經》中，絕大多數都是以「无咎」的否定辭出現。

咎有以下情況：

1. 「咎」是出了過失、災患，要承擔責任，但比「凶」的結果要好一些。
2. 「為咎」是將成為災患。
3. 「匪咎」是指不是災患。
4. 「何咎」是不構成什麼災患。
5. 「無咎」即無災患。

王弼《周易略例》：「凡言无咎者，本皆有咎者也，防得其道，故得无咎也。」經文說「無咎」，意思並不是自始就無罪咎，反而是原本就有罪咎，但是因為善於補救，避咎有方，而能夠免於罪咎。這也是《繫辭傳》所說的「無咎者善補過也」。

因此讀卦爻辭時，不能將「無咎」理解為「沒事」，我們需要注意「無咎」的條件，並努力滿足其條件。如果不能補過，那麼就變成有咎，也就是「凶」了。

以乾卦九三爻為例，爻辭說「君子終日乾乾，夕惕若，厲，无咎」，這句的吉凶判斷是「无咎」，但君子可能已經面臨有咎的情況，所以當努力盡人事的，經歷艱苦才能免於罪咎。反之，若安逸以待，掉以輕心，那麼當有罪咎。

厲

危厲、危險。艱難、艱辛、砥礪、磨練。

《說文》：「厲，旱石也。」厲字原義為旱石，比一般石頭還要剛硬者，砥厲即是磨刀石的意思，引申作危、烈，勸勉等不同意思。

至於易傳中將厲解釋為危險，這也是注解《易經》者所採用的。

厲有以下情況：

1. 「厲」是危險，但吉凶未定。
2. 「有厲」是有危險的意思。
3. 「貞厲」指所占斷之事有危險。

悔、吝、厲涉及的比較，是對於有挑戰性的環境而產生的心理狀態、對事情的態度。而這三種心理狀態中，厲在客觀處境上可能最接近「凶」，但因為它有濃厚的危機感（砥厲、勉厲、嚴厲），因而產生了實際改變的強大行動力量，而不只是單純的內心的不快（吝），也不單只是後悔。

悔就是吉的開始

岑逸飛老師說，易經是經常變化的：吉為什麼變凶，因為吝，吝是艱難、羞辱，但不知羞恥，就漸變成凶。

至於凶，如果轉化為吉，就在一個悔字。悔是有過失而悔恨，能走向無咎和吉。

「在『吉吝無咎悔凶』中，哪個狀態最好？」老師問。

「當然是吉！」同學們答。

「不是，是無咎！老師說。因為『無咎』說明的是處事善於補救過失；震懼無咎即是內心有了悔悟。『吉』是任何人也不能常守住的；既然不能常『吉』，則需常守『無咎』。處事遵循正道、符合天地運行規律，儘量不犯錯，肯改正錯誤，及時補救，這是人的常道；守住不動搖的正道，此為無咎。」老師說。

懂得自嘲

姜濤不只有悔，還懂得自省自嘲。

「十有九人堪白眼，百無一用是書生」，這是詩人黃景仁對自己一生辛酸的自嘲。

近代的文人魯迅，也用詩去自嘲：

運交華蓋欲何求，未敢翻身已碰頭。
破帽遮顏過鬧市，漏船載酒泛中流。
橫眉冷對千夫指，俯首甘為孺子牛。
躲進小樓成一統，管他冬夏與春秋。

在我們的生活中，總會遇到難堪的事：自嘲是幽默感的展現，懂得幽默、懂得自嘲是一種寶貴的能力，當中展露的是人生智慧與豁達心性，讓人莞爾的同時，自己也收穫了一份好心情。

這種能力，林海峰先生在姜濤「WAVES」二〇二三年八月的演唱會作特別嘉賓時，演繹得爐火純青、淋漓盡致。

林海峰先生扮演姜濤在二〇二一年一月一日叱咤樂壇頒獎禮上，天然發呆、不知所措的樣子。

最過癮的，是林海峰先生要大家「掃、掃、掃」他的演唱會門票。林先生的突發之舉，令姜濤嚇了一跳，跟着忍不住笑了起來。

「我很多謝林海峰老師，把自己之前被人笑的事情，調侃一番，化解了我的難堪和尷尬！」姜濤說。

．．．

我在家中經常跟丈夫「舌劍唇槍」：

「爸爸對媽媽最好！」兒子說。

「好個屁，前一陣子因為棄掉了他的一些舊賬單，他對我大發雷霆！我被他罵了一頓。

「那咆哮聲震動整棟大廈！」我說。

「人家以為你弄丟了爸爸的重要文件或寶貝財富！」兒子補充。

「過期收據就是爸爸的寶貝！」我揶揄丈夫。

「我對你好了這些年，只是罵過你一次，看看你自己，卻是天天罵人！」丈夫反駁。

「既然你已經好了這麼多年，為什麼這時才令自己有瑕疵？

「告訴你，我絕對不會被你弄哭，我只會作出適時反擊！」我說。

「我一定要這樣做，不然的話，大家只會認知障礙地老去！」我補充。

結果，大家都笑作一團。

人有幽自己默的能力，在這充滿不確定性的時代，可是生存之道。

加州大學伯克利分校的烏蘇拉和蘇黎世大學的 Willibald Ruch 研究了70個心理學學生的心理，衡量他們的自嘲能力。結果發現，自嘲不僅是種獨特的品質，而且和樂觀個性、良好情緒有直接聯繫，自嘲是幽默感的基礎。

研究中，參與者被要求評價自己在困境中的幽默感。測試者還被要求讓一或兩個朋友來完成相同的評估。

當一眾學生在電腦上填寫這些問卷時，相機暗中拍下了他們的臉。然後用 Mac 的 Photo Booth 軟件處理照片，讓他們看起來像哈哈鏡的影像。

隨後，參與者被要求排序其他人的扭曲照片，而參與者自己的照片會被隨機插入當中，其實這時實驗才正式開始：當學生在看照片時，他們會被拍下是否對自己的照片笑了。研究者使用一種有關情感表達的研究評級制度，來分析錄像，以評估學生的幽默表情。

結果，80% 學生看到自己的愚蠢形象時，至少真正笑了一次。那些自稱能自嘲，其朋友也如此評價的學生，真正笑的次數更頻繁，也更強烈。

這項研究發現，人們的自嘲能力和回應別人臉孔的扭曲圖像的笑，是沒有關聯的。只有當某項特徵是跟自己的心情和性格有關的，才更為好笑。

這一發現還突顯了幽默和謙遜之間的關聯。

雖然研究人的幽默感，看起來平凡得很，但結果是對健康有重要意義。笑、微笑和樂觀，和良好的整體健康息息相關。懂得恰當「講笑」，是極為重要的社交技巧。

著名的笑匠許冠文和周星馳都知道，拍笑片一點都不容易。被人稱為子華神的黃子華創作的棟篤笑，背後所付出的努力，令他名副其實！

姜濤在他二十四歲生日時說：「我以為自己要重零開始，原來你們都在！」姜糖在科學園準備慈善步行的群眾鋪天蓋地的雲集，場面相當壯觀，令姜濤非常感動。

人生需要有兩種感悟：第一是接受由零開始，第二是接受未曾完成。姜濤自嘲的說：「反正我之前是負數。」

有人奇怪，為什麼姜糖這樣愛姜濤？

我認為因為他的「真」，他內心很強大，能擁抱真實的自己。放不下所謂的「偶像包袱」，時刻要活成別人心目中的樣子，只會讓自己活得更累。沒有人是完美的，能夠接受自己：包括好處和缺點，並能坦然地自嘲時。代表你已能面對真實的自我。

因為你夠真，我們就是喜歡夠真實有人味的姜濤。

姜濤的自強不息

姜濤，他由藉藉無名、默默苦幹、到參加了第一屆的全民造星，經過重重考驗，取得冠軍，一出道就受到不少市民愛戴。姜濤還在 2020 年度叱咤樂壇頒獎典禮中，得到「我最喜愛男歌手獎」，成為歷屆最受歡迎男歌手獎中最年輕的得主。

人生真的是悲喜交集，姜濤之後經歷了摯愛好友的離去，他面對成名之後的繽紛喧鬧，姜濤自言性格內向的自己並不適合這個娛樂圈。在 2022 年尾，姜濤因為腳傷舊患，而動了膝蓋手術，等待他的是漫長的復原之路。

二〇二三年一月一日 叱咤頒獎禮中，他的演出自己也引以為鑑。姜濤在之後一直「神隱」，他沉澱自己，思考如何重新出發，如何在風風火火、聲色犬馬的娛樂圈中，活出真正的自己。

在這裏，我嘗試用「乾卦」去詮釋姜濤在過去五年總總境況的變化。

乾卦：天行健，君子自強不息

卦辭：元，亨，利，貞。

象曰：天行健，君子以自強不息。

乾卦象徵「天」，「天」乃指自然的天，「天」是自然力量的代表詞。乾卦的詞指出，天有四個特性：元亨利貞。

「元」具有天的特性，萬物由天所創造，透過自然的力量與規律，得到各具特性的生命。因此元是天的創造功能。

人效法自然，首先就要具備創造力，以利發展。

「亨」元既然創造了萬物，也有能力使萬物得到亨通的發展。亨也代表了天的發展能力。發展是持續不斷的向前邁進。人要如天體的生生不息的剛健運行，才能亨通而達到自己的目標。

「利」在發展過程中，少不了遇到阻礙，而天卻具有消除阻力的能力。這種消除阻力並得以和諧發展的能力就是「利」，因此「利」乃「適宜」和「有利和諧」的能力。人具有了這一「利和」能力，人事才會得到和諧發展。

「貞」天的特性功能恆久不變。「貞」就代表了天的這種堅毅不拔的特性。在生存與發展的過程中，應效法「天」剛毅、堅固貞正的特性。「天」的「元亨利貞」象徵了天的特性。

「元亨利貞」四種天的特性，並非獨立存在，它們具有相互影響與支持的作用。

「元亨利貞」也可以代表生生不息的循環過程：「元」代表種子的萌芽（開始），「亨」代表生長（發展），「利」代表開花（和諧），「貞」代表果實（堅固）。果實的種子有落在地上開始了另一新的「元亨利貞」循環。

天命

天代表了自然，天道就是自然規律，萬物的「命」由天所賦予，而萬物各自的「性」（本性）也是天所給予的，因此《中庸》說：「天命之為性」。

乾卦的階段觀

乾卦結構 ䷀：上下兩卦皆為乾 ☰，乾為天，天體運行永不止息，故《象傳》說「天行健，君子以自強不息」。

全卦以「龍」為意象，剛健為德性；以變化、彈性為吉應；若是過份的剛強好勝、頑固，就變成亢龍有悔。

爻辭中的龍，能潛於深水，能出現於田野，能跳躍在深淵，又能飛舞在天，君子像龍一樣能「終日乾乾」，有所戒懼。又能警惕外在危險，「夕惕若」。然而，龍有一個缺點：亢。「亢龍，有悔」。龍的強健的優點和亢的缺點就全面地反映了乾卦的發展規律中。

傳統的觀點乃從整個卦來看，六爻代表了一個發展的六個階段：

初九和二九代表「地」，三九和四九代表「人」，五九和上九代表「天」。

初九：潛龍勿用。

第一爻在整個卦的初階代表了發展初期，具有很多不明朗因素。雖然自己有奮發圖強的大志，在前進的條件不成熟的情況下，逞強冒進將會遇到風險，不如抑制自己的行動慾望，加強將來行動的準備工作，反而更為有利。

儘管一個生來就不平凡的人，將來注定要呼風喚雨、笑傲雲端的大人物，但這階段要都要抑制收斂，養精蓄銳、韜光養晦。

這好比喻姜濤一直默默地努力練習歌舞，參加比賽，他蓄勢待發預備成為偶像歌手。

九二：見龍在田，利見大人。

第二爻代表「現身階段」。此時採取行動的條件已漸形成；顯露自己才華的時機已來臨了，準備工作已做得差不多了，對外聯繫也建立了。機不可失，現身的時候已到。大人代表已作了充足準備工作的自己。

這個階段，姜濤參加了一些公開歌唱比賽，如 2017 年的快樂男聲，他希望嶄露頭角去汲取經驗。他最終入選三十強。

九三：君子終日乾乾，夕惕若厲，無咎。

第三爻在下卦的上方，為轉移上卦的位置。在這一臨界的位置往往面對不確定的情況，具有風險，因此在勤奮進取的同時，也須經常保持警惕。這就是所謂的君子終日乾乾（勤勉踏實），夕惕若（警惕戒懼）。

這個階段的姜濤，前途未卜，姜媽嘗試替他找公司簽約當歌手，可是回音如石沉大海，這時候的姜濤，真的是患得患失，但還是繼續努力不懈。

九四：或躍在淵，無咎。

第四爻與第三爻的位置相同，是在「人位」，不確定性還是很高。不過已由下卦成功進入了上卦，拋離了舊階段進入了新階段，不過仍然是「上不着天，下不着地，中不在人」的處境。面對新機會的同時也面對了新的風險，挑戰性大。形勢可進也可安居不動，有陷入進退不果的情況。第四爻在陰位，立「退」，又是陽爻，主「進」，因此有進退的路。此時一個人應審時度勢，時機變得有利時，就應騰躍奮進。

姜濤在全民造星有了一展才華的機會。他要把握時機，一展身手。儘管他跟隊友溝通得並不太好，儘管他稍嫌的士費用昂貴，儘管結果也是一個未知數，但他也不放棄，努力在全民造星節目中比賽。

給果眾望所歸，姜濤得了第一屆全民造星冠軍。

九五：飛龍在天，利見大人。

第五爻乃在「天位」，象徵龍已飛上了天，而天空的範圍遠較地面廣大，更有利龍的自由飛翔：一飛沖天，大展鴻圖，俯視萬物，有萬民景仰的狀況。

人生到了這階段自然是順利的境界了，九五爻辭「飛龍在天，利見大人」，在此最有利的情況下，就見到了居上有才德的人物。對一個有才德的人而言，此時正是大展宏圖的時候。

這個階段的姜濤，一連兩次得到「叱咤樂壇最受歡迎男歌手獎」，他並根據自己的宏願，創作了「Master Class」、「孤獨病」、「鏡中鏡」、「作品的說話」等另類作品。

上九：亢龍有悔。

第六爻乃在整個卦的最高位，亦即發展的最高階段，此在天的上位有盛極而衰之象。

當一個人只知進而不知退，志滿意得，逐漸變成了剛愎自用，過於自信，不再聽取勸告，不免走上了冒進的道路。不知「滿而溢」的道理，就成為了「亢龍有悔」。

往往追求「最大值」未必是最佳行動，「次最大值」反而是更為理想和完美。機關算盡太聰明，往往人算不如天算。絕對的完美並非完美，相對的完美才是完美。

儘管姜濤遭遇挫折、受傷、跌倒、嘲諷、失敗，這是只是一個磨練的機會，我相信姜濤遲遲上升不到這階段。

卦的六爻能得以伸展，只因為姜濤有「志向」、「夢想」。

・・・

姜濤是一個很有夢想和志向的人。

在二〇二一年度叱咤樂壇頒獎禮中，姜濤說：「我們一定能成為亞洲第一」。

雖然姜濤之後被林海峰「抽水」：「你不要成為亞洲第一，紅過羅湖，你不如成就我成為最受喜愛的頒獎嘉賓。」

王陽明，又名王守仁，爸爸是狀元王華。王陽明不但是出色的軍事家，能統軍應戰，而且他的哲學、心理學和思想研究也很有成就。但是他的仕途很坎坷，屢遭挫折，甚至被追殺。王陽明集了儒、釋、道的精髓，承先啟後，把陸九淵的心學發揚光大，開創王陽明心學。

明武宗正德元年（1506 年），王陽明因一些反對宦官劉瑾的言論，被貶至貴州龍場的荒蠻之地。王陽明在龍場這地方，生活條件極度惡劣，加上跟當地人言語不通。在這匱乏困頓、流放痛苦之中，王陽明沉澱自己，日夜反省，終於在半夜豁然大悟，認識到「聖人之道，吾性自足，向之求理於事物者誤也」，史稱「龍場悟道」。

龍場悟道，標誌著千古心學的真正開端。

王陽明在頓悟時，參悟到心學智慧：人人皆可成聖，人人可以向人生的更高處邁進。王陽明之後又寫了《教條示龍場諸生》一文，提醒他的弟子。這些都是千錘百煉的人生道理。

人要立志

「志不立，天下無可成之事」，王陽明說，就是工匠，其技能的練成也要以立志為根本，更別說更大的事業。

為什麼立志如此重要？王陽明舉例說，一個人如果沒有志向，那麼就好像船沒有舵木、馬沒有銜環，於是只能隨波逐流，人生就會一盤散沙。志向就如同指南針，指出人生之路的平衡和方向。否則，人就像無頭蒼蠅，人生就會變得一團糟。

王陽明說，立志也是君子之道，立不立志，很大程度上也是君子與小人之別，比如有志向的人，會為人生目標而奮鬥，沒有人生目標，生活流於遊手好閒、甚至躺平。

王陽明說立志，極具說服力。姜濤和他的兄弟要做亞洲第一，而王陽明自小的志向，就是成為聖賢。而他終生矢志不渝、奮鬥不已，最終成為聖人。

日本企業家稻盛和夫，就是深受王陽明心學的啟蒙。

稻盛和夫在二〇二三年逝世。他出身貧寒，白手起家創立京瓷，52歲創立KDDI，一家日本大型電信公司，其市場佔有率在日本四大綜合電信業者中排名二。他在78歲臨危受命，出山拯救日航，僅用424天，便扭轉日航歷史。

中國的季羨林先生曾這樣評價他：

「根據我七八十年的觀察，他既是企業家又是哲學家，一身而二任的人簡直如鳳毛麟角，有之自稻盛和夫先生始。」

王陽明也是軍事奇才，又是思想大家。

「越是困難處，越是修心時。」王陽明。

回首稻盛和夫先生的一生，也是歷經無數挫折和苦難，卻靠著懷有目標理想、鍥而不捨的人生哲學，不但屢次走出困境、還能點石成金，最終成為人生波瀾壯闊的偉人。

「一個人要靠自己的力量開創自己美好的人生，第一步，他應該擁有一個『大得有點過頭』的夢想，擁有一個超越自身實力的願望，幾近瘋狂的渴求。半吊子的想法千萬要不得，你的願望必須強烈到讓你朝思暮想，無時無刻都記掛在心。

「從頭頂到腳趾，全身上下都充滿了這個念頭，假設哪天受了傷，甚至傷口流出的不是血，而是這個『想法』。這是達成目標的唯一途徑。」

姜濤也曾說過：「問問自己，你究竟有幾想要？」

人生最重要的事莫過於「內心描畫什麼」。

「所謂『內心描畫』，是指你的『想法』、『觀念』、『理想』、『希望』，或者說你內心所持有的『哲學』、『理念』、『思想』等等。這些決定了你的人生。」稻盛和夫說。

姜濤曾經內心描繪過自己上台表演。羅志祥對他很重要，是他努力的方向。

「你也是我的動力，這些年，我做了這些，就是夢想有一天跟你同台演出。」姜濤說。

動機：別人沒有辦法的事

「我沒有動力做運動，你可以如何推動我？」我記得我曾經問健身教練。

「動力是你自己的事，我只可以指導你健康運動的方式！」教練說。

結果我沒有再繼續到健身房上課。

「我酗酒很嚴重，怎樣戒也戒不掉！」Tom 說。

「若果沒有酗酒問題，你可以怎麼樣？」我問。

「不知道。」Tom 想也不想說。

「你的太太為什麼離開你？」我問。

「很多年了！」Tom 敷衍的說。

「會不會跟你的酗酒有關？」我問。

「嗯！」Tom 點了一下頭。

「心底深處，你希望太太和女兒能回家團聚嗎？」我問。

Tom 沈默了很久，潺潺流下眼淚。

「我想也不敢想！」

「不如我們一起去看看如何戒掉酒癮，我會幫助你的。」我對 Tom 說。

Tom 點點頭：「我是希望可以做到的，但我沒有信心去面對。」

當患者有一個「想要」的心願時，無論前面是荊棘滿佈，我認為就有希望。

但患者根本什麼都「不想要」時，我們也陷入同樣的困惑無助中。「想要」的心態，是別人幫不上忙的。

李小龍曾說：「我無法教你什麼，只能幫助你探求你自己，除此之外，別無他法。

「成功只屬於那些想成功的人，如果你沒有盯緊某件事情，難道你以為自己真的可以得到嗎？」

姜濤也曾說：「我無法幫你改變，因為改變的鑰匙，永遠在自己的手中。」

偶像的重要

「你心目中有什麼偶像？」我問。

在我診所裡，求診者不少是青少年。

「沒有！」

「不知道！」

「或者是 Elon Musk，或者是已逝去的 Steve Jobs。」

「為什麼？」我問。

「好勁，似 Superman，賺到很多錢！」

以上是這些年輕人給我的答案。

反問自己又有什麼偶像？我的偶像古代是蘇東坡、王陽明，因為他們有很超脱豁達的人生觀。至於現代來説，則是朱頌明醫生、伍煥良醫生和馮唐老師。朱醫生和伍醫生是我的莫逆之交，有一段時間我感到十分迷惘落漠，他們像是我的指路明燈。我跟朱醫生和伍醫生彼此有互動，他們在我人生低潮時對我支持鼓勵，不離不棄。我還記得我初進私人執業時，朱醫生還宴請了他班上私人執業的同事跟我吃飯，讓我的人脈網絡擴濶。

近幾年，我不斷看馮唐老師的書，而我跟他是「神交」，他的書讓我得到很多啟發。在去年的書展上，我在貴賓室跟他會面，我也寫過信給他。能夠如此，我覺得很滿足了，至於能否跟他進一步接觸，我反而看得很輕，因為他已經令我的人生有了志向：我不能像他那樣用文字打敗時間，但我會要求自己能立言的話立言、能立德的話立德。

「醫生，你寫了兩本有關姜濤的書，為何偶像不是他？」不少人問。

我很喜歡姜濤，是關心愛惜欣賞他，況且在姜濤身上，令我有不少啟發！

偶像是重要的，它是一些人性光輝優點的投射。偶像是理想自己的投射，偶像令人心生志向。

人要知道，物質世界是有因才有果；不過在精神世界，是有果才有因。

「我有一種預感，將來跟小豬一起同台演出！我不知道我模仿小豬最後有什麼用得著之處。」姜濤說。

小豬的堅持、不怕外界風風雨雨，由胖子變成型男，成為亞洲舞王，都是一種志向，一個「果」，而姜濤在潛意識世界裏，把這些都一一在現象世界彰顯出來。

這就是「心想事成」的秘密。

在我來看，青少年大多數都沒有偶像，而所謂偶像，都是一些具有賺錢能力、創新科技，營商能力，看起來很勁很威的人物！不過這些特質全都不是人性優點、性格成長的指標。

為什麼立志那麼重要？因為立志可以讓人清楚自己追求什麼，在光怪陸離、紙醉金迷、物慾橫流的社會中，不至於偏離方向。清晰的目標，才會讓人有所專注，才不容易迷失自我。

・・・

稻盛和夫還說到預感和潛意識，想像力的重要。

「所謂不可能，只是現在的自己不可能，對將來的自己而言那是『可能』的。

年輕人應該用這種『將來是可行的』來思考。年輕人要相信我們具備還沒有發揮出來的巨大力量。」

稻盛和夫說超想像力：「如果能在腦海中勾勒出成功的景象，成功的概率就會大為提高。當你閉上眼睛想象成功的景象時，只要能勾勒出那個景象，就一定能心想事成，達成願望！」

最近我遇到的一件真人真事：

「我們的狗狗最近死了！」Eva 對我說。

「狗狗年紀只得兩三歲，為何會突然死掉？」我感到很詫異。

「她是被我家的傭人用暖風機吹死的，傭人把風筒對著剛洗完澡的狗狗吹，她貪方便，放下開著的暖風機，自己走去洗澡。可能有大約20分鐘，之後狗狗疑因中暑死了！」Eva 說。

「你一定又忿怒又難過！」我說。

「這個是當然的，不過我之前好像有預感，狗狗很快會離開我們。

「我和狗狗一起時，都格外感到依依不捨！」Eva 說。

你相信預感嗎？

墨菲教授曾經提出一條很出名的墨菲定律（Murphy's Law）：如果有兩種或兩種以上的方式去做某件事情，而其中一種方式將導致災難，則必定有人會做出這種選擇。用英文來說，就是 "if it can go wrong , it will!"

墨菲教授也談及潛意識：潛意識中有「無限知性」，知道所有的事情，會向我們顯示正確的決定、問題的答案，甚至可以預知未來。

我相信姜濤對自己成為一個人氣歌手，一樣有預感。

「我看見台上的歌手在表演，我的感覺不是開心，而是不甘心為何演出的不是自己。

「有一天，我和父母途經一處大銀幕，屏幕上出現了一位天皇巨星，我對父母說，你們不要看扁我，有一天我會出現在屏幕上。」姜濤說。

姜濤的潛意識預感，看來真的實踐了。

．．．

「我將來一定會成為一個好的獸醫！」我的前診所助理 Denise 說。

Denise 曾在美國唸了兩年獸醫，家中後來出了一些狀況，她不得不回到香港工作。

Denise 知道家中經濟再不容許她赴美升學，但想不到香港城市大學在 2018 年開始設立獸醫學位，時間剛剛好！Denise 成功申請入學，因為她之前成績優異，結果還拿到獎學金。

「你想想，你將來想變成一個怎樣的自己？」我問 Karen。

Karen 自大學畢業後，只是做些兼職賺取自己的零用錢。至於她的家庭，本身屬於中上階層，根本不用 Karen 負責日常支出。我認為 Karen 可以對自己有多一些要求，因為她欠缺的，只是願景和努力。

誰知道 Karen 一臉茫然回答：「我只想一切事情平平穩穩。」

我心想，世事無常，根本沒有所謂「穩穩當當」！

不過我再說下去也沒意思了，因為一切改變的鑰匙，永遠只在自己手裏。

我的志願：什麼元素構成了志願？

「在人生中，與能力相比，熱情和思維方式要重要得多。

即使能力不強、但拼命努力、又具備為他人盡力的思想境界的人，比起那些能力優秀，但不肯努力、持有負面人生觀的人，人生的結果會好許多。

能力稍差不必灰心。堅持不懈的努力以及正面的思維方式，一定會將你培育成才，讓你取得豐碩的成果。

「人生工作的結果＝思維方式×熱情×能力。

「做事五步法：沈醉你的夢想，激發出熱情，撬動潛意識，運用理性，周密部署當下。」稻盛和夫說。

要成為一位醫生

Jane 今年15歲，她在一家傳統名校唸書。因為很想選修一些熱門科目，在中三整個學期唸書唸得很勤奮，終於在中四選了她心儀的物理、化學、生物，還進入了精英班。

不過她其實唸得很吃力，成績也是事倍功半。在我看來，她的天賦，不在理科。因為重重的壓力，使她患上焦慮抑鬱症。

「你為什麼要選修理科？」我問。

「我想做一個醫生！」Jane 答。

「為什麼要做一個醫生？」我問。

「我想幫助人！」Jane 回答。

坐在一旁的媽媽馬上插嘴：「醫生，是阿女自己想做醫生的，我對她完全沒有這個期望！」

媽媽一定心中沾沾自喜，自己的女兒「胸懷大志」！

「幫助人有很多方法，為什麼一定要做醫生？」我又問。

「做醫生很威風，很有成就感！」Jane 終於吐出她的心事。

我心裏面想，如果 Jane 如果對自己有清晰的認識，就應該明白她可能因為自我價值感不足，又有虛榮感，所以希望藉由成為德高望重、救人無數的醫生，而獲得別人的尊重。其實亞 Jane 的理科根本就唸得不好，差不多每科都要補習。不瞭解自己的能力和長處，不了解自己選擇背後的動機，而只是一廂情願地定下目標志願，真是自尋煩惱。

Jane 為了助人，可以做的抉擇其實有很多，成為醫生只是其中一種可能。我建議她要在自己身上下功夫，了解自我的價值和長處，不需要人云亦云，也不需要過分趨炎附勢，仰賴社會和別人給予的「光環」。因為自信由認識自己、自愛、自重開始，過份仰賴這些外在的認同來確立自我價值，遲早都要沮喪失望。

想要幫助別人，成為一個好老師也可以。想要得到成就感，也不一定要成為醫生，一個有藝術的天份的人，他／她的創作亦可以感染很多人，也可以令到很多人因此得到慰勉和啟發。再進一步，可以成為生意人，賺到的錢也可以幫助有需要的人。

其實執著選擇成為一個醫生，就是為難自己，不但為自己的發展設限，而且會留下一條窄路給自己，不但有可能埋沒自己的潛質，還令自己人生不能好好前進。

認識自己，自愛自重，所謂成功，就是使自己做回自己。

最近和一個老師閒聊，她告訴我：「你 out 了！」

「Dr May，現在學醫的都是有家底的，草根階層根本沒有資源去栽培一個孩子入到醫學院。」

她說的也是，我畢業的年代，有大半同學是住在公屋的，現在可能 5% 都沒有。甚至超過有一半同學，父母中其中一個是醫生，或兩個都是。

「那麼你教的屋邨學校，學生志願是什麼？」我問。

「是做 YouTuber，或是參加電競！」老師說。

「為什麼？」我問。

「因為可以不用什麼學歷，也可以賺很多錢。」老師說。

錢的確重要，有句話：「世界上 90% 的問題，錢都可以解決。」的確，錢是能讓你生活中的一部份的事情無需憂心，但也不是全部。錢不能使到你安心，能夠堂堂正正做人。90% 的問題可以用錢解決，問題是恰巧那 10% 的問題，才是決定一個人幸福的關鍵。幸福感就是滿足感、成就感。錢解決不了這些核心問題，被你解決了，才真正能讓你人生充滿意義。

乾卦各爻所展示的是一種境界的維度，從低向高層提升。

立志一定要立在乾卦，用心的境界去立，而不是慾望、私利。

那什麼又是立到了境界，如王陽明的「成為聖賢」，「為天地立心，為生民立命，為往聖繼絕學，為萬世開太平」。

又如姜濤希望音樂有突破，不固步自封，歌曲不單是談情說愛，走大眾化的商業路線。姜濤希望用「作品説話」。歌曲有更豐富的創意、內涵和訊息。

這樣就是真正有境界的立志！

小王子的玫瑰

易經中的咸、恆卦

《小王子》是一本寫給小孩子和大人看的經典。

小王子住在一個小星球，在那兒他邂逅了玫瑰，彼此產生情愫，這段談戀愛的經歷，就對應著《易經》中的「咸」卦：小王子和玫瑰經歷那份「無心之感」的戀愛。

接下來，狐狸出現了，就是這頭又成熟又好心腸的狐狸，教曉了小王子什麼是成熟的愛，而這就對應著《易經》中的「恆」卦。

在故事中，小王子是童貞的代表，玫瑰是他的初戀，玫瑰曾對小王子說，自己是宇宙間唯一一朵玫瑰花，因此對小王子而言，玫瑰是獨一無二的，因此小王子就珍惜、迷戀玫瑰。

在戀愛中雙方都特別脆弱，也在乎對方，所以令到彼此的溝通誤會重重，兩個相愛的人往往都感到痛苦。

．．．

「當時我什麼都不懂！我應該根據她的行為，而不是她的言語來評斷她。她芬芳了我的生活，照亮了我的生命。我真不該離開她！我早該猜到，在她那可笑的裝腔作勢後面，暗藏著柔情蜜意。玫瑰總是言不由衷！可惜當時我太小了，不懂得好好理解她、愛她。」這是小王子離開玫瑰後的懺悔。

是狐狸教導了小王子愛的恆久之道：

小王子最初愛玫瑰，大概理由簡單，沒有多想，玫瑰是他觸目所及的所有，像青梅竹馬與玩伴。而後，小王子到了地球去旅行，他看到整片玫瑰園朝他盛開，眼花撩亂，令他恍然大悟：玫瑰並不特別，世上還有這麼多驕傲的玫瑰，他的玫瑰怎麼可能是獨一無二的？小王子內心簡直痛苦到發瘋。

在這關鍵時刻，狐狸出現了，狐狸教會了小王子愛的真諦。

「你在玫瑰身上所花費的時間，讓你的玫瑰花變得如此重要。」狐狸說。

在經歷巨大創傷後，小王子終於能夠體會他對玫瑰獨一無二的愛：

「我那朵玫瑰，別人以為她和你們一樣，但她單獨一朵就勝過你們全部。因為她是我澆灌的，因為她是我放在花罩中的，因為她是我用屏風保護起來的，因為她身上的毛毛蟲是我除掉的，因為我傾聽過她的哀怨，她的吹噓，有時甚至是她的沉默。因為她是我的玫瑰。」小王子領悟了愛的真諦。

小王子的玫瑰

二〇二三年二月，姜濤臨時不能出席一個共開活動，我開始很擔心。他在叱咤之後，一直都閉關起來，一點點消息也沒有。

讓他好好沉澱

在叱咤頒獎典禮上，姜濤表演之後受到很多 haters 追打。好壞都是很主觀的，事後有音樂人告訴我，這首歌放在外國的觀眾，大家一起唱跳，一些問題也沒有。

我在電視螢光幕中，覺得他真是胖了一點，整個晚上顯得心事重重，一副想哭想哭的樣子。

無論體重管理又好，上台表演又好，一個人若不能好好地宣洩自己負面情緒，又怎可能做好以上的事情？又豈能自信地輕裝上陣？

試想一下，因腳傷手術而動彈不得，不是兩天，而是起碼兩個月，這也是我經驗過的情況。我慶幸自己還可以叫車上班，因我的工作是整天坐着的，不用走來走去。但若是要出去吃一頓飯，都是舉步維艱。

姜濤是公眾人物，不可以隨意找人聊天、找人戴他去看戲散心。若我代入他的情況，真是很難沒有累積負面情緒。

況且我一直覺得他是需要運動減壓，跑步思考的人。

情緒是很重要的工具，適當地運用它們，將會令事情事半功倍。研究顯示，對負面情緒一味抑壓，會嚴重影響身心健康。那麼何謂合理適度的發洩？

適度合理的發洩，第一條件是不隨意遷怒別人，找別人做出氣袋，第二不自我傷害，包括咒罵自己，甚至傷害自己。最後就是不在別人面前大吵大鬧，甚至動手擲東西，因為這個會把壞情緒傳染開去，不但於事無補，甚至令別人反感，而自己因為「生人勿近」，而不知不覺被外界孤立，嚴重影響人際關係。

情緒的宣洩，可以的話，先自己沉澱一下，找出負面情緒背後自己的感受和需要。若果能夠發洩在運動上，或偶爾放聲痛哭一場也可以（但切忌越哭越傷心），運動有效減低壓力荷爾蒙（皮質醇）。又例如促腎上腺皮質激素和催乳素，這些物質可以令血壓升高，心跳加快、消化不良，眼淚可排出一些這類型物質（不過主要還是靠肝、腎來排走），像是替靈魂洗了澡一樣，的確會令生理和心理都感到平衡輕省些。

筆者以上那些對姜濤的言論，當然純屬臆測。

不過先處理情緒，才處理事情是放諸四海皆宜的道理。

跟臉書的朋友訴說心聲

他是我素未謀面的網友，但我知道他很客觀理性，經常在背後默默撐我。

我想跟他吃頓飯：「不用了，我只愛貓、我容易黑面！」

無問題，那麼我跟他繼續在臉書上聊天。

「我好擔心他，他很敏感，好像別人都在笑他。可能因為姜濤自小因為是肥仔，被別人嘲笑，現在他成為偶像，更加把事情放大了！」這位成熟又愛姜濤的朋友對我說。

「如果別人不瘋狂追捧他，他就不用肩負太多別人的期望。他就會純粹根據自己喜愛的夢想去做，這樣我相信他會比較現在開心。

「我不會在這時候硬推他上去，只會在心裏默默的愛着他、支持着他！

「這一段時間，他不停道歉，不停說不想再令人失望。說實話，我真的不想他這樣想。小小年紀的他，真是背負得太多了，他不應該也不需要這樣，我想他像張天賦、Garett T 那樣，輕輕鬆鬆。我覺得 haters 對他反而沒有那麼大的影響，因為畢竟那是一班不喜歡他的人，但他對住愛自己的人，就會造成好大壓力。

這份愛，可以沉重到令人透不過氣！」朋友說。

「我會給他空間，默默地愛他，默默地看他如何突破樽頸！」朋友補充。

人與人之間，成熟的愛，就是有分寸的愛。

「說實話，我有點後悔喜歡上一個我觸摸不到的人，我自年輕時開始，一直沒有追星習慣，我喜歡姜濤又不是一種迷戀，但是一份濃濃的牽掛，那種無奈無力感令我很傷心！」我說。

「有人說我消費姜濤！」我說。

「不，你是真心愛他！你為他付出了時間和精力！」朋友說。

「對，姜濤是我的『玫瑰』！」我說。

小王子之所以愛玫瑰，是因為他在玫瑰身上付出的一切，「馴養」玫瑰令她成為小王子在千千萬萬朵花中是獨一無二的，令他為她感到自豪。

Dr May 愛姜濤，是因為她投射了熱情、初心、真誠、志氣和勇敢追夢的特質，在姜濤身上。

當小王子離開他的 B612 後，四處遊歷、增廣見聞，初期確實令他樂不思蜀，五光十色令他目眩，他再不怎麼掛念他的玫瑰。

直至小王子來到地球，恰好途經一個大花園，只見裡面開滿五千朵絢爛美麗的玫瑰。小王子一下子崩潰，他經歷人生最大一場危機。

「我的玫瑰騙了我！」他崩潰了。

既然小王子的玫瑰不是獨一無二，他還有繼續去愛玫瑰的理由嗎？

「將來可能出現一個比我跳唱還勁的人，觀眾就會遺忘我。」姜濤說。

緊接而來是狐狸的出場，而狐狸的主要任務，是要幫助小王子走出危機，步向真正的成長，明白真正的愛是什麼。

「要是你馴養了我，我們就彼此需要。對我而言，你將是世界上的唯一。對你而言，我也將是世界上唯一的……」狐狸說。

要馴服一個人，就得冒著流淚的危險。在《小王子》中，狐狸成熟又聰明，狐狸愛小王子，教會小王子愛的意義和責任。

當小王子離開時，狐狸沒有多說，僅淡淡的說一句：「再見」。愛原來也是懂得放手。

小王子在玫瑰身上所花費的時間，讓他的玫瑰花變得如此重要。

我已經六十歲，相信很難可以這樣愛另一個偶像，這個過程簡直是虐心、令人心力交瘁。

那段時間，我不停重看有關叔本華的書。

叔本華厭世：人生實如鐘擺，在痛苦與倦怠之間擺動。

叔本華的非理性哲學，深深影響了之後的尼采。

我把艾隆醫師那本《叔本華的眼淚》，重頭再讀一次。

「要麼庸俗，要麼孤獨：沒有相當程度的孤獨是不可能有內心的平和。一個人只有在獨處時才能成為自己。誰要是不愛獨處，那他就不愛自由，因為一個人只有在獨處時才是真正自由的。」叔本華說。

記得那個星期六晚上，我傷心到推掉朋友約在馬會的飯局。我很悲哀，是那種愛莫能助的悲哀。

「人性一個最特別的弱點就是：在意別人如何看待自己。每個人都被幽禁在自己的意識裡，事物的本身是不變的，變的只是人的感覺。」叔本華。

我希望姜濤可以看到這句話。

咸卦：愛情：無心之感

感字有心，「咸」無心，戀愛乃是無心之感。

「咸」卦結構䷞：上卦兑，兑為澤；下卦艮，艮為山，構成一山澤通氣、互相感應。湖澤依附於山，而湖水潤浸了山，湖是陰，山是陽。山承載著湖，山下的水氣又上升至湖澤，山澤通氣，山澤的關係，即如陰陽調和的相互滋潤，彼此受益。

上卦兑也代表少女（巽為長女、離為中女），下卦艮，代表少男（震為長男、坎為中男）、少男謙下追求少女，少女自己然喜悅。咸卦表達了少男與少女之間的陰陽交感關係。

卦辭：咸、亨、利貞，取女吉。

咸卦象徵感應，能堅持這一原則就能亨通，也利於婚姻。反之，缺乏交感溝通，有了隔膜，客體之間的關係逐漸走上閉塞不通的道路，以致造成爭鬥對立的局面。

咸的意思為「感」，咸卦的互相感應，是「無心」之感。用姜濤的説法，就是女孩子沒有「心機」。用「心」去感應，有正也有不正，相對的不用「心」去感應乃一種自然性質的感應，人無「心機」、心無雜念，為發自內心的感應。此外，無「心」就有「虛空」的情況，即是有真誠與虛懷若谷的「虛」，有利互相感應。

緊接著咸卦的下一卦是《易經》的恆卦，才是真正有心有恆的「愛情、感情」如何維繫。

恆卦的結構䷟：上卦是雷，下卦是風，雷風相隨，象徵了恆久之道。這種恆久之道是陰陽之道的另一表達方式。雷象徵行動，風代表柔和，雷風卦的含義是「行動需要適當的配合柔和」，「動」和「柔」適當配合、剛柔並濟，乃是恆久之道。

上卦震也代表長男，下卦是巽也代表長女。恆卦是長女和長男的結合，比喻成熟的夫婦。前面咸卦是少男少女的戀情，這個卦則是夫妻的卦，也代表成熟的感情的卦。

恆卦的卦辭：恆，亨，無咎，利貞，利有攸往。

在人事方面，如果恆久之道用於正道，自然是亨通無咎的。反之，用於不正之道，則是有害的。

那段時間，我寫下了下面這篇文章。

姜濤的自我意識

「我擅長打籃球」

「我喜歡跟自己做朋友！」

「我愛靜！」

姜濤曾經說。

喜歡照鏡的姜濤，一天到晚照鏡子，反影了他很強的自我意識。

機器人沒有自我意識，機器人可不會對著鏡子裡面覺得自己長相不太好看，而每天鬧情緒。

姜濤的自我意識很強，他不希望太赤裸。所以他很害羞，當《阿媽有咗第二個》慈善場時，別人為他拍手掌歡迎，他把自己的臉用衣服掩着，也挨住 Jer。

有一段時間，街道上有著鋪天蓋地姜濤的樣子時，這更加強他的自我意識。

八個月大的嬰兒還沒有發展出自我意識，這個時候的嬰兒是不會覺得自己吃得整面雪糕，究竟有什麼問題？有傭人姐姐照顧，爸爸早出晚歸對他造成什麼影響？

強烈的自我意識好嗎？

當然有好有壞。

自我意識是對自己身心活動的覺察，即自己對自己的認識，具體包括認識自己的生理狀況、心理特徵！自己與他人的關係。

自我意識又可分為細分為幾個板塊：

意識性、社會性、能動性、同一性等特點。

「意識性」：意識性是指個體對自己以及自己與周圍世界的關係的理解和自覺的態度，是主體我對客體我的一切主觀能動的反映。

當成千千萬萬的粉絲投射了對你萬般的期待，你知道自己在眾人心中的作用和位置，這更加加強你的自我意識。「我一舉一動都被無限放大！」加上 haters 的冷嘲熱諷，畢竟不會對你毫無影響。

「社會性」：是自我意識到個體的社會特性，意識到個體的社會角色，意識到個體在一定的社會關係和人際關係中的地位和作用，這是自我意識發展到成熟的重要標誌。

我相信對於這一點，你還在摸索中。

「能動性」：自我意識的能動性，不僅表現在個體能根據社會或他人的評價、態度和自己實踐所反饋的信息，來形成自我意識。這當然是鏡中的影像，不過它會影響自我意識。

我認為不用太過理會鏡中的自我，畢竟一切都是鏡花水月，你可以根據真實的自我意識，調控自己的心理和行為。

「同一性」：心理學研究表明，自我意識一般需要經過20多年的發展，直到青年中後期才能形成比較穩定、成熟的自我意識。

希望大家能夠多給姜濤空間時間。

福兮禍所伏，禍兮福所倚，生活給我們的選擇遠遠不止一個，不用給自己設限，你可以來一個 paradigm shift（模式轉移）！

還有，我相信有慧根的姜濤知道世事如夢幻泡影，所以看到的不一定是真相。所以你一定有更多自己的選擇，更多內在自由。

．．．

「姜濤並不完美，但他是我的『玫瑰』，世上有千千萬萬的玫瑰，因為所花的心力時間，令他對我來說，是獨一無二的。

在我的臉書『姜糖醫生精神健康關注組』中，混有不少 haters，常常用卑劣的說話攻擊他，又常把他肥胖的樣子放上去。」

「姜生初出道是好 fit 好英俊，肥胖的姜生不好看！」有些人說。

「他自己都知道要減磅，不過姜糖愛他是因為他的性格：謙虛、善良、不做作、有理想，是一個不失去自我的人。」我回答他們。

「真正愛他，不單單是看他是否事事完美，而是希望他好，希望他經歷挫折後，更能茁壯成長。」我這樣說。

「是時候我要靜心把袁國勇教授的文稿看一次！袁國勇教授也是我的偶像，但我和他在合作過程中，都能彼此互動，而不是遙不可及。」我對朋友說。

說到底，人到最後都是要培養靜定，建立一個堅實的自我。

你必須找到「根」

聽起來可能很矛盾，如果你想飛，得到真正的自由，真正的表達自己，你必須先真正生根，拋穩自己的錨。

「根是支撐靈魂表達的支柱，根是所有自然表現的起點，如果根被忽視了：從他生長出來的事物就不會井然有序。」李小龍說。

「你必須找到你自己的根」，這句話的意思就是要理解自己、練習與發展你的潛能，知道何時該堅守立場而不帶惡意，也知道何時該任由事情自然發展，然後順勢而行。

近年來，說實話，我感到年輕人的成長真不容易！

二戰後，我們有80多年的平靜日子，不過最近也是烽煙四起。天災人禍，疫情肆虐了三年，生活在今時今日，心寧的平靜不易得。這個世界仍然充滿各種機遇，各樣誘惑，壓力可以迫人奮鬥，也可把人打跨。

姜濤渡過了充滿挫折和困難的青少年，他懷著夢想去活出舞台表演的自己，有理想敢去尋夢已經很不容易。年紀輕輕來到這五光十色的世界闖蕩一番，也是他成長必需的。

娛樂圈現實複雜，叢林法則之外加上各種潛規矩。每個藝人慎防的就是不要讓機會和壓力完全去支配自己。眼見不少碩落的巨星，在風風火火、渾渾噩噩裡，如一艘沒有拋錨的小船一樣，漂泊流失。

可幸姜濤是一個有內在生活的人，他有一個密友，就是自己。因為世上不少人，永遠被外界的力量左右着，永遠生活在喧鬧的外部世界裡，沒有自我，隨波逐流，漸漸找不到歸家的路。

眼見時下不少的青年人，就是這樣子。

自我是一個中心點，有了堅實的自我，他在這世界上便有了「精神座標」，如一艘抛了錨的船，經歷幾許風浪，但不會迷失。

如何培養這份堅實的自我？。我認為就是從小到大培養孩子心靈世界，讓他們有留白、靜心的時候。不過首要條件是父母自己也要有心靈世界，因此他能認出和尊重孩子的心靈世界。

堅實的自己彷彿就是一個心靈密友，一個人若有自己的心靈追求，在世上闖蕩了一番，當累積了一定的人生閱歷後，他就會逐漸認識到自己在這世界上的位置。換言之，他的自我也越來越堅實。

世界無限廣闊，誘惑永無止境，錢是賺不完的，然而屬於一個人的現實可能性始終是有限的。我相信在對世界開放的同時，也要趁早在世界之海中找到最適合自己的領域，然後抛下自己的錨。承認自己的天性，找到自己擅長喜歡做的事，並且一心把它們做得盡善盡美。不管我們是多麼平凡，或者是多麼顯赫，我們不但有足夠的勇氣去承受外界的壓力，而且會有足夠的清醒來面對形形色色的機會和誘惑。

我有理由相信每一個能夠這樣做的人，不難獲得生活的充實和心靈的寧靜。

「放下，就擁有整個世界，一切都是一體的！」我說。

我告訴朋友，這段時間我在叔本華的哲學中找到安慰。

「我還看厭世講堂！」我說。「很適合現在躺平世代！」朋友說。

「這書不是說給躺平年代的人聽，而是因為看穿了洞悉世事之後的厭世，明白珍惜在繁囂之後的平常。這樣是好的厭世。」我解釋道。

「讓我們看看姜生面對低潮期，他如何突破及進步。他要衝過樽頸位！讓我們靜靜看他如何過渡每個階段，為他默默祈禱。」我們說。

「愛是恆久忍耐，又有恩慈；愛是不嫉妒；愛是不自誇，不張狂，不做害羞的事，不求自己的益處，不輕易發怒，不計算人的惡，不喜歡不義，只喜歡真理；凡事包容，凡事相信，凡事盼望，凡事忍耐。愛是永不止息。先說方言之能終必停止；知識也終必歸於無有。」歌林

多前書十三章四至八節

「如今常存的有信，有望，有愛這三樣，其中最大的是愛。」歌林多前十三章十三節

「困卦」：困境的智慧

姜濤的委屈：我實在忍不住了……

二〇二三年十一月四日，在灣仔會議展覽中心舉行嘅首屆《共創明「Teen」計劃》畢業禮，姜濤擔任壓軸嘉賓，在台上獻唱「Master Class」和「蒙著嘴説愛你」。當時姜濤解釋選擇跳唱「Master Class」，因為這首歌很代表他自己追夢的歷程和感受，希望可以鼓勵大家。之後，姜濤就唱出「蒙著嘴説愛你」，不過當他唱到接近尾聲時，大會突然安排了四名小朋友上台，令姜濤反應不過來，愛小孩子的姜濤本能地蹲低，搭住旁邊的小朋友問「你咃出咗嚟呀？」之後就露出了很大的墊底聲，姜濤一時不知道如何「執生」，只是以笑來掩蓋尷尬。

這一切發生得突然，事後他在IG限時動態上載演出當日坐在車裡側面個人照片，並寫上：「沒甚麼好説的，繼續努力！」

我相信姜濤心中已經清楚知道，發生了什麼事了。

這件事情不斷發酵，姜濤隨後在IG限時動態上發佈・黑屏寫道「抱歉，真的忍不了」！他對一名網民狠批他「咪嘴」，表演不夠專業。姜濤就以真身回覆留言，寫道：「你可以不喜歡，但請你不要用你的主觀觀點去抹殺別人的努力，最讓我覺得生氣的是你的IG裡有一系列關於精神健康的分享，很好，但請你自己也要做到。不然我真的覺得很諷刺，你永遠不知道你看似輕描淡寫的一句話，能傷害一個人多深，按鍵真的可以傷人。」之後，一時衝動的姜濤更直接公開該名網民的帳戶和大頭相，雖然這貼秒速刪除。

姜濤其後於限時動態上發文，寫道：「無意中看到這個評論真的很諷刺，常在IG分享關於精神健康資訊的人，嘴裏卻在説著傷害別人的話。你真的可以不喜歡，但請不要用你的主觀臆測，去傳播沒有被證實的事。我不希望這個社會上，去幫別人解決精神健康問題的人，自己卻做著傷害別人的事。」

作為一個公眾人物，他也知道這個樣「公審」那名網民不恰當，所以他作出道歉：「出道以來，一直面對著很多負評、攻擊、各種不實報導，也一直學習如何跟這些聲音共存。昨晚因為衝動，做了一些不應該的事，我向這位女士道歉。我們應該提醒自己不要把網絡當戰場，把鍵盤當武器，因為拒絕網絡欺凌，每人都有責任。無論我們是什麼身份，都要對自己說的每一句話負責。」

事後 Stanley 對傳媒說：「他是一時衝動！」

這件事後，有一位疼愛姜濤的女士來找我，心情顯得很難過：

「姜濤叱咤樂壇，頒獎禮可以失準演出，因為這只是影響他個人聲譽問題，但這次他一時衝動，卻是不智的，因為他的影響力大，殺傷力也大，而對方只是一個普通人。我不希望我的『囝囝』傷害到別人！」

那位姜糖被事情折騰得黯然神傷：

「醫生，我知道你明白我的心情！」

在這之後，在二〇二三年十二月十六日，在林海峰演唱會中，姜濤被邀上台，不單止沒有墊底聲，他還要在沒有耳機下唱出「蒙著嘴說愛你」。

「我花了很多時間，從不同角度，看看姜濤如何唱出這首歌。阿囝真係好叻！」那位女士深感安慰地說。

．．．

姜濤，你可能不知，姜糖比你哭得更多！

在二〇二四年一月一日的叱咤頒獎禮，當第二區宣布最愛歌曲投票票數時，不少姜糖互相抱頭痛哭起來。

這段日子，他們為了爭取門票，日以繼夜想盡辦法去「撲飛」，有些姜糖更以「掭石仔」的方式，籌集一點一滴的資金，蒐集一張張的門票，希望你的歌得到最喜愛歌曲獎。

姜濤，當你走出去領獎台時，後面圍著一圈又一圈的姜牌，還伴隨著啜泣聲、歡呼聲。那場面，真的很震撼！

易經中的困卦

「困卦」䷮是四大難卦之一（其餘三卦是：坎、蹇、屯）。

困卦的結構：上卦澤，下卦水，澤中本應有水，而卦象則是水在澤下，澤中無水，使澤中的魚蝦蟹受困其中，成了困局之象。

上卦兌，兌也代表「折損」、「折毀」，下卦為坎，坎也代表困難、危險。

困的含意有兩種，一種只在物質上的困乏，一種是在精神上的困頓。兩者之間互相影響。物質上的困乏可引起精神上的困頓，精神上的困頓也可以導致物質上的困乏。身處無論那種困境時，應該如何面對？

困卦本身經有所啟示。

困卦卦辭：亨；貞，大人吉，無咎；有言不信。

困境到時可以「亨」？何解？

一個人只有在困境中，才能表現出自己的意志與堅韌精神，就如在被困在澳地利集中營三年多的精神科醫生 Dr Victor Frankl，他倖存之後，創立了意義治療（logo therapy）。

孔子也說：「歲寒然後知松柏之後凋也」。人在逆境中，就如松柏在嚴寒的環境中顯出抵禦與戰勝苦難的毅力。困境成了磨練堅毅性格的場所。一個人若能克服困境，就具有應付其他情況的能力。

困卦中，就包含了雖然身處困局，能保持陽剛的堅毅性，對自己的信念具有信心，維持良好的精神狀態，絕不萎靡不振。如孔子所說「三軍可奪帥也，匹夫不可奪志也。」《論語》。

在困卦中，九五與九二兩個陽爻皆為「剛中」，用持中的態度，配合堅定的意志思索脫困之策。處困能保持「剛中」為「亨」的基本條件。

困卦上卦兌卦是說話的卦德，話語裡面有心與靈魂的力量，是每個人身上都有的武器，由鍵盤打出來的文字一樣有力量。

下卦坎代表危險。無論什麼人，尤其公眾人物說話也真的要小心。人生有順境逆境，能在逆境生存，便能在順境中大展拳腳。困境是成功的踏腳石。卦辭中的「大人吉」，乃是指能堅守正道（堅毅、真誠）的君子，必能走出困境。這當然包括精神的困境。不過這種勸喻並非所有人皆能明白（有言不信）。

「有言不信」也代表一個人處於困境，再講什麼話都沒有人相信。好像姜濤所言：「我沒有什麼好說。」

困卦表示我們人生起伏不定，困難挫折都是必經過程。我們要保持堅毅、剛健、誠意的心去克服困難。令我們成長的，正正就因為挫折，我們才知道自身有什麼不足的地方，肯去努力改善，不怨天尤人，始終「吃得苦中苦，方為人上人」。

人生的困苦：我是醫生，又是病人家屬

回想差不多二十年前，我也很衝動地做了一件傻事。

我的「奶奶」患上抑鬱症，病情反覆，後來服了一種抗鬱藥後，病情得以穩定下來。不幸的是，那種抗鬱藥在上年紀的人容易有一種副作用，就是令到血液中的鈉一直偏低，而這種情況，可以令當事人神智錯亂，甚至癲癇發作，最後導致死亡。

因為這原因，醫生替她換上另一種藥物，可惜這藥物不太奏效。

奶奶不停投訴身體不舒服，進出醫院的內科部，我問她：「你有什麼不舒服？」

「我胸口翳悶！」她回答。

「我替你安排一位心臟科醫生，住院好好檢查一下好嗎？」我向她提議。不知什麼原因，她並沒有採納我的意見。結果她把醫院大門當成「旋轉門」一樣，出出入入。

最後一次的入院，我已經覺得奶奶說話時，神情恍惚，內容奇奇怪怪。

「你不要怪我⋯⋯」她斷斷續續地說。

我是在職媽媽，放工放假要照顧家中兩個小兒，我居住的地方跟她又不近，所以不能經常探望她。

雖然我跟醫院病房留下聯絡電話，但院方在沒有通知我的情況下，由得她自行出院。

她回家還不到幾天，來不及我抽空探望她，她已經自殺身亡。

我當時很憤怒，「火遮眼」找了病房負責的同事對質。只見他們一副官腔，漫不經心地說：「我們讓她回家，沒有再找精神科醫生會診。反正她的媳婦（即是我）是一位精神科醫生！」

「若家中有人當警察，其中有人犯事，也可以不送警局嗎？」我質問。

他們不置可否。

我一拳揮過去，打了其中一位醫生的背，他們叫了保安來，把我當作瘋子一樣分隔開。

我冷靜下來，覺得很羞愧，君子動口不動手，我又衝動又喪失理智，所作所為真是愚蠢到極點。

自己雖然身為一個醫生，但我更真確的身分，是一個病人的家屬。

現代人是越來越離不開醫院了，不止是人，就是連家中的寵物也是。在我們的生活中，醫院、醫生、佔了太重要的位置。

「權力越大，責任越大。」"With great power comes great responsibility."

——伏爾泰（Voltaire）。

「力量越強，責任越大。」——蜘蛛人（Spider-Man）。

「醫生就是病人通往鬼門關最後的把關人。」馮唐先生曾經說。

然而，此刻作為家屬的我所感受到的，是世態炎涼，人心冷漠。醫生為什麼只看重醫療程序的正確，試問缺少撫慰生命的善意，能有醫治的誠意嗎？這樣子，醫生和AI有什麼分別？

正是在這困惑和憤慨中，我看到周國平的「醫生與人文精神」：

「我喪女經歷的《妞妞》一書擁有許多讀者（按：妞妞是他跟第一任妻子生下的女兒，出生後不久就被診斷患有絕症，帶著這絕症，周國平寫下妞妞極可愛也極可憐地度過了短促的一歲半人生。）最我感到寒心的是，雖然這班年輕醫生名義上也是知識分子，我卻覺得自己是面對著一群野蠻人。直覺告訴我，他們是沒有真正的讀書生活，因而我無法用我熟悉的語言對他們說話。

正是在這困惑中，甚至困惑已經變成了憤慨．憤慨已經變成了無奈和淡漠的時候，我讀到了劉易斯．托馬斯所著《最年輕的科學——觀察科學的札記》一書，真有荒漠遇甘泉之感。托馬斯是美國著名的醫學家和醫生，已於1993年病故。在他寫的這本自傳性著作中，我見識了一個真正傑出的醫生，他不但有學術上和醫術上的造詣，而且有深刻的睿智、廣闊的人文視野和豐富的同情心。諾貝爾物理獎得主費因曼曾說，科學這把鑰匙既可開啟天堂大門，也可開啟地獄大門．究竟打開哪扇門，則有賴於人文精神的指導。

我相信，醫學要能真正造福人類，也必須具備人文品格。當然，醫學的人文品格是由那些思考和運用它的人所賦予的，也就是說，前提是要擁有許多像托馬斯這樣的具備人文素養的醫學家和醫生。托馬斯倡導和率先實施了醫學和哲學博士雙學位教育計劃，正顯示了他在這方面的眼光。

托馬斯談到，他上大學時在一家醫院實習，看見一位年輕醫生為一個病人的死亡而哭泣，死亡的原因不是醫療事故而是醫學的無能，於是對這家醫院肅然起敬。愛心和醫德不是孤立之物，而是在深厚的人文土壤上培育出來的。在這方面，我們的醫學院肯定存在著嚴重的缺陷。我只能期望，有一天，在我們的醫學院培養出的醫生中，多一些有良知和教養的真正的知識分子，少一些穿白大褂的蒙昧人。」

以前有一個學生，面試當中被問及為何選擇醫科，他說：「沒辦法，因為我的成績實在考得出色！」他傲慢的態度，令考官很不滿，結果他並沒有被取錄。

但是今時不同往日，若那學生在今天，以他亮麗的成績，和充滿自信的態度，一定被兩間大學搶著取錄。

令我感到很有共鳴的，就是托馬斯的洞見：醫生最好要成為病人！

他認為患病是人人都會遇到的事，醫生是人，當然不能倖免。醫生要患上不要太重的病，因為病太重就會喪命，但也不可太輕，因為病太輕他就不能體會，當疾病襲擊時的痛苦，面臨生命危險時的悲傷，對善良和同情的渴望。「人生勝利組」的醫生，很容易不把病人當作一個真實的人，而只是一個個案看待：一個能讓他能把理論付諸實踐的對象。

生病是一種特別的個人經歷，有助於加深一個人對生命、苦難、死亡的體驗。一個自己患過重病的醫生，往往是更富有人性的。

我想說，當我成為病人家屬時，令我更加體會到病人家屬的感受和需要。

姜濤的謙虛

姜濤謙虛事件簿（六文皆吉的謙卦）

每當在媒體看到記者採訪他的時候，姜濤都會幫一班記者拿著咪牌，一點架子也沒有。

當有名嘴批評他和 mirror 成員是「虛火」時，他只是以平常心看待：「我不敢批評前輩，不過我們會以努力把虛火變成實火。」

另一個電視台以他姜濤的名字去惡搞，在記者會上安排了藝人做模仿表演。當中有個藝人就以全身黑色衣服、戴著假髮上台，模仿姜濤唱其名曲「蒙著嘴說愛你」，及唸著大熱的快餐店急口令。席間馮盈盈、麥美恩及林盛斌（阿 Bob）大聲叫囂，麥美恩先衝前作勢掌摑，並大呼：「收聲啦」，而馮盈盈則稱：「你夠膽嚟踩場？打到你變姜蓉！」這就是姜濤名字被取笑為「薑蓉」的事件。

這環節立即引來大眾批評，觀眾認為他們的舉動是在醜化姜濤，表演內容低俗、不入流。事後當事人都有分別道歉澄清，但疼愛姜濤的姜糖卻不肯收貨。

當記者問姜濤如何看待事件時，他說：「其實阿 Bob 不用道歉，我不覺得難受，事件也並不含有不尊重成分，藝人表演是為大家開心，用輕鬆心態去睇！相反我好開心大家認識我。」隨後他更為粉絲激動的反應道歉，大方得體的回應甚得人心。

姜濤在拍麥當勞的廣告時，令人感到意外的是他自己跑進廚房，熟練地去炸薯條：「我之前在跑馬地的快餐店做過兼職！」姜濤一點架子也沒有，他事後還上載已故好友中鋒替他拍下的照片。

在《全民造星3》播出時，外界認為奪得季軍的 Ansonbean 是「姜濤 2.0」。作為同樣出身自《全民造星》的姜濤，就這樣回應傳媒：「將任何人講成是我的 2.0 也不公平，他們應該想人認識他們自己，而不是關於我。其實是很難比較，人人都有獨特性。」

姜濤早前以21歲破紀錄的年紀，勇奪「我最喜愛男歌手」，他從林海峰手上拿過獎項時，整個人發了呆，遊了魂一樣。其實我相信他真心未想過自己得獎的，因為之前在訪問中，他表示：「自己入了五強已經很開心，根本沒有資格拿下這個『咁勁嘅獎』。」

他的得獎引來部分人的質疑。事後他亦有在IG回應，他謙虛地表示明白自己的實力和資歷未足以說服大家，為了對得起歌迷的支持和喜愛，他用一句說話「用自己的作品，來保護自己的粉絲」來表達決心。

姜濤還在最後更不忘感謝在疫情中一直辛勤工作的醫護人員，謙虛大度的回應，令部分的爭議聲消失。

繼姜濤奪得叱咤男歌手引起爭議後，周柏豪在十大中文金曲頒獎禮中奪得男歌手金獎，有網民認為姜濤比周柏豪更有資格奪得此獎項，其後姜濤謙遜道：「我知自己實力同能力未夠。」

「得到任何獎項的肯定都是幸運，我已經十分滿足。」

在二〇二二年四月底 Chill club 的頒獎典禮上，姜濤拿了銀獎，他只是說：

「音樂不需要太計較輸贏。」

姜濤在二〇二三年一月一日叱咤頒獎典禮中，沒有冧莊「我最喜愛男歌手獎」。腳傷還未好好痊癒的他，相信不太計較獎項。這一年，他經歷太多事情，他需要休養生息，沉澱下來。

「我真的希望公司雪藏我一年！」姜濤真誠的回應。

「㐀」這個字的意思，就是能行能止，姜濤有這個智慧，他明白或許要有些空間，整理一下自己。

「偉大的心靈，在這個世界更喜歡獨白，自己與自己說話。」姜濤要自己跟自己告白。

當時姜濤在叱咤頒獎典禮上的表演，引發外界質疑和負評，他知道自己受不了，他關掉所有社交媒體。

「一條彈簧如久受外物的壓迫，會失去彈性，我們的精神也是一樣，如常受別人的思想的壓力，也會失去其彈性。」叔本華。

姜濤在他的新曲「黑月」中也有一句：「青春時日惟靠謙虛承載」。

六爻皆吉的謙卦

在易經的64卦中，只有謙卦的六爻爻辭皆吉。這情況其他卦沒有的。

謙卦 ䷎ 的結構：上卦為坤、坤為地，下卦為艮、艮為山。

這構成一山在地下的形象。山高地低為實際情況，而卦象卻是地高山低，表達的是山對地的謙遜態度。

這比譬是有才幹內心高聳如山（內卦山），以外表則謙和如平地（外卦地），待人接物謙虛謹慎，代表了一種謙卑、和順的態度。

高山代表內在才幹，坤卦又代表眾人，坤上艮下的組合，寓意做人做事，懷著的謙德精神是有其內涵的，乃是發自內心真誠的謙，而非虛偽表面的「謙」。儘管內在的能力超出眾人，但外在的呈現，還是虛懷若谷，甘居於眾人之下。

事實上，天道忌盈，登峰造極多招損，留有餘地就能繼續走下去。

易經只有謙卦中的六爻全都是吉。就算乾卦也只有多一半的情況為吉，所以謙的精神是有其內涵意義的。一個人能真誠地謙卑自處，不論六爻如何變化，在人生不如意事十常八九的世界中，都可以吉祥。

事實上，謙的心態才可發展出誠的心態，內心謙虛才願意去了解自己與別人，也才能踏踏實實的去做人。所以謙也就有了「誠」的成份。

姜濤是一個很謙虛有禮的人，我相信這樣說，沒有人有異議。

姜糖喜歡姜濤，不純粹為了他的跳唱功夫了得，更是因為他的真性情：直率，有孩子的赤子心，還有他的善良和謙虛。

姜濤從不為 Chill Club 不能獲得金獎，或者是叱咤不能獲得「最喜愛男歌手獎」而不服氣。姜濤覺得每個人都有他們值得學習的地方。

我就認為高處不勝寒，拿下銀獎也不錯，時常做第一，太露鋒芒，甘心樂意做阿二，是一種大度的智慧。

我還相信，謙卦的「誠」、「中」、「厚」與「容」，也是造就姜濤對父母孝順的態度。

記得在「濤」的演唱會中，姜媽身穿低V送飛吻：「有一點兒…唉，不過她喜歡就好！」姜濤笑說媽媽比他更想做一個藝人。

謙卦的啟示：有謙才有誠，行事不會偏依一方，不執迷於「全能感」，聽取他人之言，虛心求教。有謙的心態，待人接物謙和厚道，少「自我」而多體諒他人。

能使人具有容納不同事物的胸襟，就像坤卦的厚德載物一樣。

老子也提出了有關謙的名言：「上德若谷」。

「我心裡柔和謙卑，你們當負我的軛，學我的樣式；這樣，你們心裡就必得享安息。」馬太福音十一章二十九節

這是耶穌對門徒的說話。

「所以，凡自己謙卑像這小孩子的，他在天國裡就是最大的。」馬太福音十八章四節

「你們當中卻不是這樣；相反，誰想在你們當中為大，誰就該做你們的僕人；」馬太福音二十章二十六節

．．．

在姜濤「閉關」的時候，我很掛念他，我在臉書寫下了這篇文章：

越在意的，就越容易失去

「我會用 200% 的努力去繼續走下去！」得到金獎的男歌手說。

我心裡卻這樣想：「哎呀，你越在意認真就越會輸！」

美國著名的鋼索表演藝術家瓦倫達，一直以精彩而穩健的高超表演聞名，多年來從未出過事故。

一九七八年，73 歲的瓦倫達決定要走最後一次鋼索，作為告別演出，然後宣布退休。沒想到以前從來沒有出過任何差錯的瓦倫達，這是卻徹底失敗了。

「當他剛剛走到鋼索中間，做了兩個難道並不太高的動作之後，就從數十公尺高的綱索上掉下來，當場死亡。

「我知道這一次他一定會出事。因為出場前他就不斷地說：這次表演太重要了，不能失敗。

「記得以前每一次表演，他都只是想着走好鋼索這件事本身，而不去管這件事可能帶來的一切。但在最後一次表演中，他太想成功了，由專注於事情本身而去想著要完美地表演，成為他表演上的美麗休止符時，他反而變得患得患失。

「如果他不去想那麼多走鋼索之外的事情，以他的經驗和技巧，是絕對不會出事的。」太太事後感嘆道。

如果瓦倫達不去在乎所謂「成功」不「成功」，而去專注事情本身，以他的經驗和技巧，怎可能會出事？

記得姜濤在全民造星摘下冠軍後，他原來未曾想過自己一定得獎：「我真的不知道要說些什麼，我只是努力做好表演。多謝大家！」

壓力有時是動力，能把人潛在的能力發揮出來，但壓力卻是一把雙刃劍，當有過多非理性的壓力時，就會摧毀自身。

良性壓力給人動力，使人積極愉快、並有效地幫助別人生活；反之不良壓力使人感到無助、灰心、失望，還會引起身體和心理各種不良反應。

在巨大的心理壓力之下，患得患失的心態就是一種非理性的壓力。倘若壓力的根源是擔心「自己不夠好」，你只會想盡辦法去提升自己。但若是擔心「不能夠成功」，反覆擔心失敗後怎麼辦，這實實在在就是一種負面情緒，它把一個人的精力分散，最終浪費在無用的胡思亂想上，這樣，又怎會得到成功？

讓我們回到初心，專心在「成事」上，而不是「成功」上。

姜糖喜愛姜濤，就是他的善良＋初心＋謙虛，就是他的心性，就是他的魅力所在。

之後，有感於二〇二三年的叱咤樂壇頒獎禮，我還寫了這篇「德西效應」。

德西效應：二〇二三年的叱咤頒獎禮

在一九七一年，心理學家德西（Edward L Deci）有一個著名實驗，他隨機抽樣一班中學生去解決一些有趣的智力題。

第一階段：所有學生都沒有獎賞。

第二階段：有一半學生有獎賞，每完成一題就有一美元；另一半學生仍然無獎賞。

第三階段，休息時間，自由活動。

學生在第二階段，有獎賞的表現得確實比較努力。

到了第三階段，無獎勵組有更多人在休息時間繼續解題。最後結果，沒有獎賞表現反而更好。

這個實驗得出的結論，便是「德西效應」：在有些情況下，外在報酬有時反而減低內在報酬。

把這理論應用到其他人，甚至如姜濤身上，當「外在報酬」（音樂獎項）和「內在報酬」（表演的純粹喜悅）兼得的時候，若姜濤、姜糖太在乎音樂獎項，不但不會增強姜濤演藝事業和表演興趣，反而會降低他的創意動機。

簡單的說，姜濤喜歡跳唱表演，過程中他當然得到一定的報酬，讓他能肩負起供養家庭的責任。但過份地「推高」一個藝人，在他身上加諸太多的榮譽，反而會減少姜濤對表演這件事的興趣。

每每，當人獲得很多物質獎勵、榮譽等「外在報酬」，其心態就變了，變得患得患失，唯恐自己的努力配不上獎勵，或者覺得獎勵配不上自己的努力。

最重要的是他們的動機會從取悅自己，逐漸變成取悅報酬的給予者——外部評價體系，而漸漸迷失自己。即使當事人並沒有意識到，但這種動機轉換，還是會隨着一次一次的物質獎項，逐漸在潛意識中扎根，最終「自驅」變成了「他驅」，興趣也就自然消失了。

我這個姜糖醫生，不想他「高處不勝寒」，背負別人的期望愈大，壓力就愈大。我最關心的，是他的身心狀態，要自己想做、覺得有意義，姜濤才是舞台上的王者。

我也希望每一個人，都能在內在報酬動機和外在報酬上取得平衡。

不做第一，是隱藏的祝福！

「在這樣一個充滿缺陷的世界裡，如若你能遇到真摯的朋友就好好珍惜吧。有時候，我們連對自己真誠都做不到。所以，無需苛責別人，人性本就複雜奇怪。」叔本華。

在娛樂圈中，能出污泥而不染，一點也不容易。姜濤善良謙虛真摯，有這樣的一個偶像，值得我們好好珍惜。

好得太過卦

作　者：Dr May Miao 苗延琼醫生

圖片提供：IDOLKADO.COM

出　　版：真源有限公司

地　　址： 香港柴灣豐業街 12 號啟力工業中心 A 座 19 樓 9 室

電　　話：（八五二）三六二零 三一一六

發　　行：一代匯集

地　　址：香港九龍大角咀塘尾道 64 號龍駒企業大廈 10 字樓 B 及 D 室

電　　話：（八五二）二七八三 八一零二

印　　刷：美雅印刷製本有限公司

初　　版：二零二四年五月

如有破損或裝訂錯誤，請寄回本社更換。

聲　　明

本書所記故事基於真實個案，唯書中所有案例患者名稱皆為假名，而情節亦有所改動，以保障當事人隱私。

PRINTED IN HONG KONG

ISBN：978-988-76536-3-9